安徽省社会科学院桐城派与区域文化研究中心专著系列之一
本书得到安徽省社会科学院区域现代化研究院资助

方东树唐诗观研究

史哲文　著

全国百佳图书出版单位
时代出版传媒股份有限公司
黄山书社

图书在版编目(CIP)数据

方东树唐诗观研究 / 史哲文著. —合肥:黄山书社,2020. 12
ISBN 978 - 7 - 5461 - 9454 - 7

Ⅰ. ①方…　Ⅱ. ①史…　Ⅲ. ①唐诗 - 诗歌研究　Ⅳ. ①I207. 227. 42

中国版本图书馆 CIP 数据核字(2020)第 239913 号

方东树唐诗观研究
FANG DONGSHU TANGSHIGUAN YANJIU

史哲文　著

出 品 人	贾兴权
责任编辑	秦矿玲
责任印制	李　磊
装帧设计	熙宇文化
出版发行	时代出版传媒股份有限公司(http://www. press-mart. com)
	黄山书社(http://www. hspress. cn)
地址邮编	安徽省合肥市蜀山区翡翠路 1118 号出版传媒广场 7 层 230071
印　　刷	安徽新华印刷股份有限公司
版　　次	2021 年 5 月第 1 版
印　　次	2021 年 5 月第 1 次印刷
开　　本	700mm × 1000mm　1/16
字　　数	200 000
印　　张	11. 25
书　　号	ISBN 978 - 7 - 5461 - 9454 - 7
定　　价	46. 00 元

服务热线　0551 - 63533706

销售热线　0551 - 63533761

官方直营书店(https://hsss. tmall. com)

序　一

许　总

余性好诗文，生于金陵，执教于闽南，未尝忘祖籍桐城文脉之滋养也。然僻居海隅，所处者多闽籍人士，罕有桐城师友怀忆切磋之乐。忽于辛卯之春，新一届研究生报考，个中一生，名曰史哲文，是欲包揽吾国学术乎？心稍异之。待面试，见其人颀长清扬，仪既有度，语尤不俗，心复暗喜之。又询之，乃桐城人也，当即收于门下矣。

桐城之学，向以古文名世，而成文派。然桐城以古文名家者多善诗，且力倡熔铸唐宋，是桐城之诗既成规模，复多创获，故清人刘开、程秉钊及今人钱锺书等皆以为桐城亦有诗派。信哉斯言也。余固亦素喜桐城诗文，然以主攻方向之异且多冗务，未能深研有得，仅与桐城文会一二回，发桐城文论若干篇，因既愧而又有憾焉。

哲文入学，即显好学深思之性，且尤嗜乡邦文献，因乐其倾其力于桐城之派。然于桐城文派，学界之论几已汗牛充栋，唯于桐城诗派，似尚有不足焉。且于桐城诗者，多以之为宗宋一格，则似有偏颇。以此，命哲文专攻诗派，且必遵其熔铸唐宋之诗学思想，以见其本来面目。而桐城诗学思想之翘楚，显非方东树而莫属，因以之为学位论文之题矣。

本书之成，即以其硕士学位论文为基础。哲文以为，方氏诗论实以其唐诗观为基础而建构，因以唐诗体格论、唐诗审美论、熔铸唐宋论三者理清其唐诗观之体系。其以为，贯穿道统之核心理念、横截顿挫之章法布局、立诚有物之意蕴内涵、隶事典故之准确运用四者，构成其“古文文法通于诗”之唐诗体格论；兴悟棱汁诗之妙、意雄语健诗之力、势蕴深厚诗之气三者，构成其“别有能事”之唐诗审美论；诗人之诗与学者之诗并重、情韵与理致融糅、阴柔与阳刚互补，则构成其“熔铸唐宋”之折中思想。其中深思有得，多有发明。而由是观之，则桐城诗派宗宋之说已不辨而明矣。

哲文硕士毕业后，复入苏州大学攻读博士学位，卒业后入皖省社科院。其于此浮躁趋利世风，一路坚持学术，实难能可贵。因于其首部学术著作付梓之际，略叙师生因缘及学术旨趣，并期其矢志不移，切磋精进，日后有更多力作贡献学林。是以为序。

庚子年初秋于华园抱一轩

序　二

张小平

书稿告竣，史哲文君属为一言。除了为年轻才俊的上进感到高兴，我觉得也是一次给自己补脑进学的机会，便欣然受命。史君此著以桐城派大将方东树为研究对象，瞄准“唐诗观”靶标进行具体深入分析，引文献，评人物，功底扎实，新见迭出，透出英杰之气，岂能闻之勿喜！

我向来主张，学术研究应“疑”字当头，这是更上一层楼的最好梯子。近十几年，学界对桐城派后期重要作家方东树的研究逐渐多了起来，方东树诗歌创作理论尤其受到关注，并且在诗学原理、理论体系、批评范式等方面给予他极高的评价。其实，回到当初那个时代，方东树的诗学思想，远不如他的经学思想影响大，他的《汉学商兑》四卷和《书林扬觯》十六篇，持论犀利，言辞骏快，对乾嘉中偏重考核、鄙弃义理之学风，“不惜条辨而纠弹之”，起到了“发蒙振聩”①的作用，甚至于《汉学商兑》几成了方东树的代名词。

方东树的诗学思想，主要体现在《昭昧詹言》三录以及他的创作当中，在当时的影响不是很大。稍后的清末诗论家、“同光体”主将陈衍就认为：“有清二百余载，以高位主持诗教者，在康熙曰王文简，在乾隆曰沈文悫，在道光、咸丰则祁文端、曾文正也。”他认为，清代只有三个重要的诗派，王士禛是“神韵”说的代表，沈德潜是“格调”说的代表，桐城诗派的代表是祁寯

---

① 张舜徽：《学林脞录》卷十四《爱晚庐随笔》，湖南教育出版社1991年版，第339页。

藻、曾国藩。陈衍没有提出“桐城诗派”的概念。第一次明确提出“桐城诗派”概念的是民国学者钱基博,他在《现代中国文学史》中指出:“姚氏自范以诗古文授从子鼐,嗣是海内言古文者,必曰桐城姚氏,而鼐之诗则独为其文所掩。自曾国藩昌言其能以古文之义法通之于诗,特以劲气盘折;而张裕钊、吴汝纶益复张其师说,以为天下之言诗者,莫姚氏若也。于是桐城诗派始称于世。”①钱基博认为,桐城诗派是从桐城诗文作家姚范而来,开创桐城诗派的关键人物则是姚范的侄子姚鼐,而后天下之言诗者,莫不尊崇姚鼐的诗学思想。

钱基博对姚鼐的这番评价,是符合历史真实的。和方东树同时代的姚莹看到的诗坛现象是“海峰出而大振,惜翁起而继之,然后诗道大昌”。②姚莹是姚鼐的孙子,得姚氏家学嫡传,与梅曾亮、管同、方东树等同列“姚门四杰”。与钱基博的观点略有不同,姚莹认为桐城诗派的源头是刘大櫆,而不是姚范。而对于奉姚鼐诗歌创作为圭臬,他们两人观点一致。姚鼐是桐城派古文理论的集大成者,作为“姚门四杰”之一、随侍姚师讲席时间最长的方东树不仅全面继承了姚鼐的古文思想,也衣钵相传了姚鼐的诗学思想。吴汝纶曾这样总结桐城诗派:“方侍郎顾不为诗,至姚郎中乃以诗法教人。其徒方植之东树,益推演姚氏绪论,自是桐城学诗者一以姚氏为归,视世所称诗家若断潢野潦,不足当正流也。”③方苞不作诗、不教诗,真正以诗法教人的是姚鼐,姚鼐当是桐城诗派的宗主。

姚鼐的诗法或者说诗学思想的理论依据是什么呢?

概括地说,是“诗文一理”。姚鼐说“诗之与文,固是一理”④,换言之,诗与文虽然体裁不同、取径不同,但创作原理是相通的。正是从古文创作理论的角度生发,姚鼐建立了桐城派的诗学理论体系。这种“诗文一理”

① 钱基博:《现代中国文学史》,江苏文艺出版社 2008 年版,第 176 页。

② [清]姚莹:《桐旧集序》,《中复堂遗稿》卷一,《续修四库全书》第 1513 册,上海古籍出版社 2002 年版。

③ [清]吴汝纶:《姚慕庭墓志铭》,《吴汝纶全集》,黄山书社 2002 年版,第 213 页。

④ [清]姚鼐:《惜抱轩诗文集》,上海古籍出版社 2013 年版,第 290 页。

观，在方东树手里得到了强化，“以文论诗”成了解诗、说诗的重要手段。方东树认为，“诗与古文一也，不解文事，必不能当诗家著录”，“阮亭号知诗，然不解古文，故其论亦不及此”。① 在他看来，不懂古文，就写不好诗，也评论不了诗，譬如王士禛只懂“神韵”，不懂古文，所以他的诗论缺乏理论根柢。

从“诗文一理”到“以文论诗”是理论上的探讨，运用到创作实践上，首先要解决、要回答的问题，就是哪些诗歌才是习诗者的典范。桐城文派在创作上以唐宋古文为宗，其路径由唐宋派代表人物归有光承接唐宋八家，然后上溯先秦两汉；在义理上尊崇程朱理学，再上溯孔孟，宣扬儒家之道。这就是桐城文派揭橥的“学行继程朱之后，文章介韩欧之间”的道统和文统。方东树“以文论诗”，其诗学思想也与桐城古文理论一致，义理上遵循程朱思想，诗体上高举姚鼐“熔铸唐宋”②的旗帜；其路径是借鉴江西诗派，由黄庭坚承接唐宋，然后上溯汉魏先秦。

一些研究者由此推论，方东树的诗学思想具有完整的诗歌史理论体系，建立了新的批评范式，那就言过其实了。《昭昧詹言》虽然有分体、分卷的形式，但整个体例不是论诗专著，此书是方东树晚年对当时流行的两个学诗选本——王士禛《古诗选》、姚鼐《今体诗钞》进行分条论述、评点、批注，是对儿孙辈随课示教的记录，故有文字重叠散乱、观点分歧抵触等现象。这个缺陷，方东树心里也很清楚，他说：“此书粗记臆见，未尝敢以示人。……今年自粤返里，偶出以示吾友。吾友意以古人称金针不度，似此和盘托出，用意为体太陋，大雅所不出也。余闻而深契之，甚自愧悔。……亟拟焚弃，以掩吾丑。”③吴汝纶之子吴闿生评价此书：“方植之《昭昧詹言》，学诗者矜为秘笈。近岁乃始盛行，传印凡数本。然其书所载，极宜分

① ［清］方东树：《昭昧詹言》，汪绍楹校点，人民文学出版社 1961 年版，第 376、232 页。

② ［清］姚鼐：《与鲍双五》，《惜抱先生尺牍》卷四，宣统初元小万柳堂据海源阁本重刊本。

③ ［清］方东树：《跋一》，《昭昧詹言》，王绍楹校点，人民文学出版社 1961 年版，第 537 页。

别观之。盖所录方姚诸老微言要旨至多，而植翁自抒所见，则不免臆断虚悟之习。故泛论大体多精当，而分释诸篇往往疏失，其大较也。"①吴闿生认为，《昭昧詹言》的主要内容是传授"方姚诸老微言要旨"，然后加上自己的一部分论见而已。方孝岳称赞《昭昧詹言》是"精心结撰之作"，但认为其内容还是"承着惜抱论诗的宗旨，可算是代表'熔铸唐宋'的眼光"。②

"熔铸唐宋"是姚鼐诗学思想的宗旨，方东树是"承着惜抱论诗的宗旨"推崇唐宋，一个是创始，一个是继承，两人的共同点容易辨识，两人的不同点则需要仔细爬梳，真正的学术研究，更需要的是后者。史哲文君《方东树唐诗观研究》正是这样一部著述，他从"唐诗观"角度，爬梳大量文献资料，分五章展开论述，溯源寻流，敢较古人今贤之不同，别开生面。对于桐城派，我研究不多不深，只是对某些观点有不同看法，"疑义相与析"，因不辞弇陋，爰以就教，非敢云序也。

庚子年秋于庐州

① 吴闿生：《昭昧詹言·序》，民国七年武强贺氏刊本，复旦大学图书馆藏。

② 方孝岳：《中国文学批评》，生活·读书·新知三联书店1986年版，第212页。

目　录

引　言

方东树(1772—1851),安徽桐城人,字植之,自号仪卫老人,别号副墨子、冷斋等。他与姚莹(一说刘开)、管同、梅曾亮,为姚鼐所推许,后被称为“姚门四杰”,是桐城派中的重要人物,并且对桐城诗论贡献最巨,其他如姚椿、姚莹、刘开等人也对桐城诗派的理论建设有所增益。方东树主要生活于乾隆到道光年间,处在清代盛衰的转捩点上,在家学与师承影响基础下,他总结了桐城先贤诗论文论的精华,其诗论除了少量散见于信札文章,绝大部分集中体现在方氏诗论著作《昭昧詹言》一书中。其学生方宗诚在《校刊仪卫轩诗集后叙》中认为:“论诗之旨,具于《昭昧詹言》一书,自来言诗之精蕴,未有先焉者也。”①对该书给予很高评价。蔡镇楚《中国诗话史》中也评价较高:“桐城派诗话的代表作,是方东树的论诗之著《昭昧詹言》……以桐城古文义法论诗,熔义理、考据、辞章为一炉,是桐城义法的产物。”②钱锺书认为:“惜抱渊源家学,可以征信,惜抱以后,桐城古文家能为诗者,莫不欲口喝西江。姚石甫、方植之、梅伯言、毛岳生,以至近日之吴挚父、姚叔节皆然。且专法山谷之硬,不屑后山之幽。又欲以古文义法,入之声律,实推广以文为诗风气。读《昭昧詹言》三录可知。”③虽然其观点尚可商榷,但是可以看出钱氏认为方东树的诗论完全可以代表桐城诗派的精华。

---

① [清]方宗诚:《柏堂集续编》,光绪七年刊本,卷二。

② 蔡镇楚:《中国诗话史》,湖南文艺出版社2001年版,第357页。

③ 钱锺书:《谈艺录》,商务印书馆2011年版,第364~365页。

方氏诗论兼采唐宋，各派并宗，呈现出多元调和的特点。这一特点，在其唐诗观中表现得甚为突出。一方面，方东树继承桐城派的文法诗法，并将其运用到唐诗论中，另一方面，方东树又借鉴严羽禅论，推崇“妙、力、气”的诗学旨趣，在清代唐诗论中展露出独特的气息。方东树以桐城文法论唐诗，建立起一套缜密的诗法。后世学者多大致对其诗论进行介绍综述，或仅介绍其对宋诗的探讨，而未对其唐诗观进行详细叙述和深入研究。同时，前人多研究方东树与“肌理说”之关系，却较少注意到其对“格调论”的吸收与改进，本书将从方东树对“格调论”的发扬进行论述。因此研究方东树的唐诗观既可以深化清代诗论研究，又具有丰富唐诗接受史的重要价值。

作为古代文学研究，必然需要从原始文本资料和前人研究成果入手。就本书而言，原始文本资料即指方东树《昭昧詹言》《汉学商兑》《书林扬觯》及其诗集文集。前人的研究成果可以分为四类：

首先为文学史、文学批评相关的专著。如郭绍虞《中国文学批评史》、钱基博《中国文学史》、敏泽《中国文学理论批评史》、成复旺等《新编中国文学理论史》、青木正儿《清代文学评论史》、黄霖《近代文学批评史》、萧华荣《中国诗学思想史》、严迪昌《清诗史》、刘世南《清诗流派史》等。以上专著皆有论及方东树的文学理论。这一类文学批评专著由于是宏观的讨论，仅对方东树进行介绍性的叙述，不够深入。如郭绍虞认为方东树属于受“肌理说”影响的“余波”。萧华荣将清代诗学主流概括为“祧唐祢宋”，认为方东树的诗学观与宋代诗学观念相近，在清代“肌理说”与“同光体”之间起到枢纽的作用，其诗论各派兼宗。刘世南主要论述方东树的诗歌创作，认为其诗学黄庭坚，基本未探讨其诗学理论观点。

其次是论述桐城派的专著，如王镇远《桐城派》、刘声木《桐城文学渊源考》、吴孟复《桐城文派述论》、周中明《桐城派研究》、赵建章《桐城派文学思想研究》、王献永《桐城文派》等。一般的著作中习惯性地将方东树归在“姚门四杰”里一并讨论叙述，并视其为桐城文派的传播者，起到一定的推动功用，但文论的建树尚不及桐城三祖。赵建章用“以文论诗”来对桐城派的诗学理论进行了一定的概括，其中也论及方东树对待“言志”与“载道”二者的审美处理。

再次是在学术期刊或学术会议发表的研究方东树及其著作的单篇论文，如刘文忠的《试论方东树〈昭昧詹言〉的诗歌鉴赏》一文，偏重于论述方东树诗歌理论与实践。吴宏一的《〈昭昧詹言〉析论》一文，重点在于考证《昭昧詹言》的成书年代及该书体例。吕美生的《方东树〈昭昧詹言〉的价值取向》从气韵和高妙两方面阐释其诗论的鉴赏价值与创作价值。许结的《论方东树在桐城派文学理论建设中的作用》一文，认为方东树在桐城派中的意义在于其对桐城三祖地位的论定与对桐城派的确立与完善，并认为《昭昧詹言》实为桐城诗论的代表著作。

最后是以方东树及其论著为研究对象的学位论文，海峡两岸研究方东树皆多有所成。大陆方面研究方东树的学位论文如龚敏的《方东树学术与文学研究》，较为全面地从方东树的学术渊源、汉学批评、耽佛问题、诗学批评、古文创作等方面探讨其学术思想及文学思想。陈晓红的《方东树诗学研究》从其诗学活动与诗学审美取向、价值取向入手，并论述方东树对魏晋至明清的诗歌批评，探讨诗学批评史上方东树的价值，但对其部分诗学概念渊源的剖析还有阐述空间。李佩玲的《“唯务折衷”之诗学特质——方东树〈昭昧詹言〉诗学研究》一文重在从“言志”与“缘情”、诗与文、学人诗与文人诗三个方面论述方东树“唯务折衷”的诗论及影响，篇幅稍显简省。而台湾地区对方东树的研究也不乏高论，如郭正宜的《方东树诗学源流及其美感取向之研究》探讨方东树写作《昭昧詹言》的动机，将其诗歌审美取向进行整理，并探讨了方东树的章法之说，最后确立并阐明方东树的师古模式。杨淑华的《方东树〈昭昧詹言〉及其诗学定位》藉由文本考辨入手，通过具体篇目来解读方东树的诗学取向，诠释宋诗体裁概念的继承以及宋诗创作意识对方氏诗学的启发，来掌握方东树诗论脉络与宋诗的内在联系。康维训的《方东树诗论研究》采用汉学家刘若愚的理论，用表现、技巧、审美等理论来涵盖方东树的诗学，并探讨了方东树“义法说”与“人文合一”的思想，未尝不是一种创新之举。

综上而论，这四类论作中，对于方东树的诗学观都或多或少进行了介绍研究，但对其唐诗观基本没有进行具体论述。特别需要说明的是，方东树本人的诗歌创作“尤近少陵、昌黎、山谷”①，前辈学者论及方东树的诗学观，也多认为方东树的诗学重点在其宋诗观。其实不然，他的创作与理论倾向并不一致，方东树本人在《昭昧詹言》中就认识到：“唐之名家，皆从汉、魏、六代人出。杜、韩更远溯经、骚。宋以后人皆止于唐。”②可以看出，方东树将唐诗作为立论中心，上溯风骚，下引宋诗，其唐诗观方为诗学重点。而从篇幅上来看，方东树诗论专著《昭昧詹言》二十一卷，其中有超过半数的十一卷单独谈论唐人诗歌诗论，其余卷目中也有兼及唐人唐诗之处。此外，方东树在其诗论中多次对钱谦益宗宋诗学观的贬斥，同样意味着方东树对宋诗格调的否定。可以看出，其唐诗观乃是作为其宋诗观的根基。方东树作为桐城派重要的诗论家，理应得到学界的重视。而方东树的唐诗观，迄今尚未有学者进行专门研究，但是其价值并不能忽视。

本书分五章展开论述，第一章从桐城家学师承与方东树生平著述、清代“汉宋之争”与《汉学商兑》《书林扬觯》、清中叶“性灵”与“格调”的诗学冲突来诠释方东树诗学观的形成。第二章从贯穿道统的核心理念、横截顿挫的章法布局、立诚有物的意蕴内涵、隶事典故的准确运用四个方面来论述方东树“古文文法通于诗”的唐诗体格论。第三章从兴悟棱汁的诗之妙、意雄语健的诗之力、势蕴深厚的诗之气三方面阐述方东树“别有能事”的唐诗审美论。第四章从诗人之诗与学者之诗的并重、情韵与理致的融糅、阴柔与阳刚的互补来讨论方东树“熔铸唐宋”的折中思想。第五章从方东树对格调论的吸收与改造、唐宋诗之争的渐趋消融、延续桐城诗派理论道路的多重意义来论证方东树唐诗观在清中期诗坛的意义。

---

① ［清］方东树：《考槃集文录》，《清代诗文集汇编》，上海古籍出版社 2010 年版，第 96 页。

② ［清］方东树：《昭昧詹言》，汪绍楹校点，人民文学出版社 1961 年版，第 41 页。

第一章　方东树诗学观的形成背景

方东树作为桐城派的重要人物，其诗学观的形成受到桐城诸家的熏染。而桐城派不仅包含桐城文派，也存在桐城诗派，两者交融并通，形成讲究章法义理，诗文各擅的独特体派。如果说，桐城一派的师承是方东树诗学观形成的重要导向原因，那么方氏家学则是其诗学观形成的基础所在。方东树在清中期汉宋两派的论争中虽采取尊宋抑汉的态度，但更有着汉宋兼采的清醒观念，这也构成其诗学观的思想背景。此外，清代中叶各家诗学观念的差异明显，尤以沈德潜“格调”与袁枚“性灵”二说冲突明显，同样对方东树诗学观的构成产生影响。

第一节　桐城家学师承及方东树生平著述

桐城文风悠久，贤哲超翔，以桐城地名命名之桐城派在清代文坛占有举足轻重的地位。桐城派自戴名世奠基，方苞、刘大櫆、姚鼐各有擅场，逐步立派，是为三祖，形成了具有地域与家族文化特征的文学体派，屹立清代文坛二百余年，其文统源远流长，其文论精深博大，其著述丰厚清正，陶化深远至今。以地域命名并能够延续时间如此之长，影响范围如此之广，纵览文学发展的波澜长河，确鲜有其他流派能及桐城派者。

地域文化在中国古代意义重要，值得关注，陈寅恪就曾划分出关陇文化、山东文化和江南文化三个文化地域，综观我国文学发展史，各宗各派无不彰显着地域文化的影响。桐城地处江淮之间，当时的桐城文化区域包括现安徽省安庆市宜秀区部分地区、桐城市及枞阳县等地，其地东接江南吴越文化，西临长江中游荆楚文化，北靠中原文化、齐鲁文化，南引皖南徽州文化，既有温厚柔性的一面，又有刚古直率的一面。梁启超曾在《近代学风之地理的分布》中指出清代学术的地域特点："一代学术几为江、浙、皖三省所独占。"①而桐城派正是皖系学术的杰出楷模，独特的地域环境有独特的学术风气，多重地域文化圈在桐城汇通融合，不得不说桐城派在中国文学史上是一个具有鲜明特色的地域文化产物。

桐城派于姚鼐时方开宗立派，事实上，明末清初之时，桐城名士钱澄之、方以智等就已致力于复兴古文，开桐城派之滥觞，只是当时局势动荡，有识文人多参加反清斗争，未能将古文继续振兴。清朝确立全国范围的统治后，为巩固统治地位，在学术上提倡儒家，尊崇理学，桐城派的思想与统治阶层相符合，得以迅速扩大影响。戴名世就提出古文"言有物""修辞立其诚"之论，为桐城义法之先声。虽然康熙年间因《南山集》一案身陷文网，以戴名世为首等数百人获罪，重则斩首，轻则流徙，株连众多，以致牵连了方氏宗族，其中方孝标被开棺戮尸，妻儿亦不能幸免于罪，财产抄没入官，三祖之一的方苞也被定罪，后经李光地营救，因文名获赦。经此劫难，桐城一派并未消沉没落，反而在方苞的带领之下开始了桐城派振兴古文的风潮。

桐城派的家族文化特征亦有渊薮，方氏宗族是桐城诸家族中尤为典型的楷模，方氏宗族数百年代有才人，簪缨不绝，诗书传家，显示出蓬勃的生命力，形成深厚的世家观念。汪志伊在《桐城方氏诗辑序》中说：

> 吾乡方氏以忠孝文学闻天下，垂三百年矣。……文章为治乱之符，忠孝为性情之本。观于是辑，不益信哉？辑中明世诸公，生逢世乱、变起君父之间，身当家国兴亡之际，故其诗愤而多感，踔厉悲凉，使读之者犹想见其遭时多难，而其发乎忠孝，旁魄勃郁不

① 梁启超：《饮冰室合集》，中华书局1989年版，第50页。

能自己之心，百世下如或遇之。圣人受命海内，又安臣民、裹福愿，靡不称以是，士大夫作为颂歌，类皆承流布德，润色朝庙，畅乎昌明，岩穴之士乐今而称古，岁时俦与讴歈愉愉，无复悲愤激烈之意，非以所遇之时为之耶？……是辑也，传其一家之诗，即谓其家忠孝文学，俱传于是可也，存其一家之风气，即谓数百年治乱之故，俱存于是可也。①

方氏还与桐城姚氏、张氏、马氏、左氏诸望族结以姻亲，构成庞大的家族体系。桐城方氏宗族并非一脉，而是分为桂林方氏、鲁谼方氏、会宫方氏等数支，皆由徽州迁来，而各自为族，细辨又有不同。最为昌盛的为桂林、鲁谼二支。桂林一支，最先迁桐城，据考初由休宁迁往池口，宋末元初始迁至桐城凤仪里，读书为官，多有显赫，久成大族，方以智、方苞等为此支；鲁谼次之，又称“猎户方”，据考宋末由婺源行猎入桐城而定居于鲁谼山得名，清代之前寂寂无闻，清中晚期方有盛名，后声望渐追桂林方氏，继承发扬了桐城方氏之名，而方东树就属鲁谼方氏。不论是桂林方氏、会宫方氏，还是鲁谼方氏，忠孝贤杰迭起代兴，门祚由兴到盛数百年而未艾，由于渗透进了血缘关系，桐城家族文学具有更加牢固的凝合力和向心力，特色可见一斑。

方东树高祖方晙，筑舍习文，德厚才高，以学行闻名于世，在他倡导下，族人逐渐弃猎从文，鲁谼一支渐兴。曾祖方泽，少师方苞，为乾隆年间（1736—1796）优贡生，入京师为八旗官学教习，以文学名于当时，著有《待庐集》等，方泽与同邑姚范、刘大櫆等人共号为“龙眠十子”，又与周振采、沈德潜等人并称“江左七子”，可见其名尤彰。方泽年少时，其父方晙命其学于宗老方闲阿，宗朱子之学，颇有所得，以宋儒为人立世准则来要求自己，同时以此传家，后方东树就曾对方宗诚坦言：“吾家世守朱子学不变，其

① ［清］方于穀：《桐城方氏诗辑》，《清代家集丛刊》，国家图书馆出版社 2015 年版，第 3 ~ 5 页。

原出自方闲阿先生。”①祖父方训，处士。方东树父方绩，字展卿，师从刘大櫆、姚鼐，其为文有高古雄迈之气，著有《经史札记》《屈子正音》《鹤鸣集》等，但流传至今仅有《鹤鸣集》，保存在《方东树全集》中，其余文集皆散佚。可以看出，方氏宗族深受桐城一地数百年尚文重学风气的濡染，同时又能够反过来促进桐城文风涵蕴生发，这种文化传统在地域与家族两者间交互涵养化育。

时至方东树已为鲁谼方氏第十七世，方东树幼承家范，聪颖好学，同时也受到方以智、方苞、刘大櫆等长辈学说的熏陶，后赴江宁就学于姚鼐。方东树师从姚鼐期间，遍览秦汉以来经史诗文乃至佛老诸书，学识大进，其文史成就便奠基于此。姚鼐（1731—1815），安徽桐城人，字姬传，世称惜抱先生，乾隆二十八年（1763）进士，曾任礼部主事、四库全书纂修官等，四十岁时辞官南归之后便一直执教儒林，先后于扬州梅花、徽州紫阳、江宁钟山等地书院主讲四十余年，于嘉庆十年（1805）主持钟山书院，终逝于此。乾隆五十八年（1793），年方二十二的方东树来到江宁，拜于姚鼐门下，并追随侍奉长达五年之久，然后往四方游历。嘉庆十二年（1807），姚鼐邀请在外游学多年的方东树去其主持的钟山书院，为姚氏孙辈授课。两人师生情谊深重，姚鼐尤其赏识方东树。这从姚鼐与陈用光的书信中可以看出：

> 鼐在此略如故状，惟精神乏竭，至不宜看书，又无人与言，殊觉日寡味耳。……吾今年邀方植之来课孙学文，书院中略可谈者，惟此耳。②

姚鼐与方东树既为师生，后又共事编修《江宁府志》，二人共同工作教学约有八年时间。方东树也对姚鼐十分感怀。方宗诚就有记载，姚鼐去世数十年之后，方东树谈及恩师，依然泣不成声，倍感思念。因此，方东树的

---

① ［清］方宗诚：《柏堂集次编》，光绪六年刊本，卷七。

② ［清］姚鼐：《惜抱轩尺牍》，卢坡点校，安徽大学出版社2014年版，第101页。

学术思想深受姚鼐影响。

方东树师承姚鼐，而姚鼐早年又受方东树的曾祖方泽的启蒙，这不能不说桐城派的师承与家学紧紧地联系在了一起，姚鼐后从伯父姚范学习，宗程朱学说，推崇宋儒义理，认为程朱一派能够继承圣人之学。姚范（1702—1771），初名兴涑，字巳铜，后字南菁，一作南青，号姜坞，晚号几蓬老人，乾隆元年（1736）举顺天乡试第二，乾隆七年（1742）进士，授编修，充三礼馆纂修、顺天乡试同考。致仕后，主讲天津、扬州书院。著有《援鹑堂诗文集》《援鹑堂笔记》等。方东树对姚范也颇为推崇，在著作中多次引用姚范语，如"姜坞先生曰：'字句章法，文之浅者，然神气体势，皆因之而见。'……此皆精识造微之论。"①并时有加以评述深化，如：

> 姜坞先生曰："文法要莽苍硬札高古。"又曰："文须有'入不言兮出不辞'之意。"余谓又须知精气入而粗秽除。否则入不言出不辞，恐成孟浪。②

姚鼐对待学问主张义理、考据、文章三者统一，同时在尊崇宋儒义理时又不废汉学考据，并系统地提出了阴阳刚柔之说的诗歌美学观，对方东树无论是文论还是诗论都有很大的影响。方东树在诗论《昭昧詹言》中，也有引用姚鼐之语，如通论五古时说："姬传先生云：'阮亭四法，一'典'字中，有古体之典，有近体绝句之典，近体绝句之典，必不可入古诗……'可知非博必不能典。"③姚鼐的诗论倾向打通唐宋的朝代界限，折中唐宋，将历代的文气说总结为刚柔之论，同时使得桐城诗派在当时能够融合神韵说、性灵说、格调论三家之长处，但又能够独立于三家之外，自成一体，方东树

① ［清］方东树：《昭昧詹言》，汪绍楹校点，人民文学出版社 1961 年版，第 15 页。

② ［清］方东树：《昭昧詹言》，汪绍楹校点，人民文学出版社 1961 年版，第 29 页。

③ ［清］方东树：《昭昧詹言》，汪绍楹校点，人民文学出版社 1961 年版，第 18 页。

诗论的形成与姚鼐关联密切。

桐城方氏、姚氏独特的家族文化特征使得学术风尚一脉相承，深厚的理学底蕴对方东树的学术生涯起到了极大作用，桐城派的家学和师承在方东树的诗论中也多有体现，吴闿生就评价说："方植之《昭昧詹言》，学诗者矜为秘笈。近岁乃始盛行，传印凡数本。……所录方、姚诸老微言要旨至多。"①同时，在后来汉学与宋学论战之时，方东树能够毅然立起复兴宋学之大旗，也与其家学师承密不可分。

关于方东树生平，前人已有详尽考述，这里择其大要。方东树一生未曾显达，囊橐时空，"博极群书，穷老不遇"。② 他曾自述于十一岁(1782)时"尝效范云作《慎火树诗》，为乡先辈所赏，由是人咸以能诗目余"。③ 十二岁(1783)丧母，由于本就体弱，加之悲痛过度，以致患上肺病，终生未能根治。二十二岁(1793)入县学，后入江宁拜姚鼐为师，被誉为"姚门四杰"之一，却科场蹭蹬，屡试不中，至道光七年(1827)不复举试，专事读书立著。方东树一生著述甚多，有百余卷。其中《汉学商兑》四卷、《昭昧詹言》二十一卷为其主要著作，另有《书林扬觯》三卷、《仪卫轩文集》十二卷、《仪卫轩诗集》六卷、《考槃集》三卷、《考槃集文录》十二卷、《大意尊闻》三卷、《半字集》二卷等，其中《昭昧詹言》这一诗论著作集中体现了方东树的诗学观念。

方东树一生授业课徒，客游八方，桃李天下。嘉庆三年(1798)，方东树应陈用光之聘授经，历时三年。嘉庆四年(1799)，他将自己早年所作文章辑录为《栎社杂篇》，不久又作《老子章义》二卷，此时兴趣逐渐由文学创作转向义理辨析，但诗文写作终生未弃。从嘉庆六年(1801)至二十三年(1818)，如前文所叙，方东树应姚鼐之邀往江宁书院课其长孙学业，后辗转安徽阜阳、六安、池州等地讲学，也曾在江苏充任《江宁府志》分纂。其

① [清]方东树：《吴氏许本昭昧詹言》，吴闿生评，民国七年刻本，序第1页。

② 赵尔巽等：《清史稿》，中华书局1977年版，第13430页。

③ [清]方东树：《半字集》，《清代诗文集汇编》，上海古籍出版社2010年版，第1页。

间嘉庆二十一年(1816),时值方东树四十五岁,其父方绩病重去世,当时安徽巡抚胡克家赴任江苏巡抚,方东树随行至苏,不能回乡亲视含殓,十分哀痛。

嘉庆二十四年(1819),方东树应两广总督阮元之邀,前往广东协助编修《广东通志》,修纂完成后至廉州海门书院执教。道光二年(1822)四月归乡,九月应韶州太守罗月川之聘,前往广东主持韶阳书院,不久又重入阮元幕下。道光四年(1824),方东树把所作诗文结集成册,作《待定录》百余卷,后因战火散佚,未能流传。道光五年(1825),于阮元处著《书林扬觯》,意在告诫学者著书须慎重。道光六年(1826),阮元奉旨调任云贵总督,方东树未与其前往,赴浙江寻谋他职,不得,遂于道光七年(1827)归皖入安徽巡抚邓廷桢幕中,邓廷桢资助其校刊先父方绩《屈子正音》一书行世。后方东树主持庐州庐阳书院、亳州泖湖书院、宿松松滋书院,授徒课业。时至道光十三年(1833),方东树的同乡及同门姚莹任江苏武进县令,请方氏编校姚莹曾祖姚范所撰之《援鹑堂笔记》。姚莹先后任江苏元和县令、两淮盐运司淮南监掣同知,方东树亦均偕往。道光十五年(1835),方东树将《援鹑堂笔记》校订完毕,三年后又将全书进行修订,刊刻《援鹑堂笔记勘误》。

道光十七年(1837),方东树应时已升任两广总督的邓廷桢招募,以六十六岁之高龄远赴岭南。他在途中肺病复发,痛苦不堪,旅途所作诗篇多显沉颓之气。方氏以如此高龄赴粤,已非为求功名故,实则为生计所迫。道光十八年(1838),方东树在广州见鸦片泛滥,忧心如焚,作《劝戒食鸦片文》,又向邓廷桢上书《匡民正俗对》,力陈鸦片之害,望厉禁鸦片,可见方东树绝非空谈义理,而颇为关注时局。道光十九年(1839),方东树写成其诗论著作《昭昧詹言》。

道光二十年(1840),方东树终归桐城故里,继续传道授业,同时着力写书。至其去世计十年时间内写成《大意尊闻》三卷、《思适居铃语》四卷等,编定《仪卫轩文集》十二卷。及其居家之时,凡以诗文求教者,方东树知无不言,告之以法,并借古人事迹勉励之,遇事据理直论,廉介刚毅。道光二十三年(1843),方东树染病卧床,感时事混乱,内外交患,鸦片战争中兵败地失,列强肆意入侵,乃作《病榻罪言》,力言投降和议之弊。

咸丰元年(1851),方东树的学生,时任祁门县令的唐治邀请方东树主持祁门东山书院,方氏不顾年高体衰,决然前往。门人文汉光、甘绍盘等担心老师身体,自愿随行奉侍。当年五月二十二日,方东树偶染微恙,不以为然,与门人饮酒论学,晏然自若。到二十四日病情加剧,方东树自感大化将至,便从容沐浴更衣,移至讲堂安坐,至申时便溘然辞世,享年八十岁。次年春,遗柩自祁门运回,年底葬于桐城西乡吴家嘴祖墓畔。其学传族弟兼学生方宗诚,宗诚将方东树著作诸种刊布,并将其说传承发扬,使得桐城派在文坛继续前行。

《清史稿·列传二百七十三·文苑三》记载:“东树始好文事,专精治之,有独到之识,中岁为义理学,晚耽禅悦,凡三变,皆有论撰。务尽言,惟恐词不达。”①马其昶在《方植之先生传》中又称:“(方东树)性高介,恒闭门撰述,不随人俯仰,好尽言,论道术文艺,必抉其所以然。”②综观方东树的生平行迹,从苏、粤、皖辗转治生到各地书院讲学,一生颠沛流离,多寄人篱下。方氏青年时专精于文事,身为姚门高第的荣誉感显而易见,可是多年科场失意带来的心理落差,显然影响到了其人生走向。毕生所学无法得到重视,一方面使得方氏更加发愤苦读,探究义理,博采众书,另一方面又反过来迫使其不得不争取“尽言”的机会。正是由于纵横千里的求学、游幕、授业的生活经历,导致方氏治学趣味和思想的不断改变和逐渐成熟,使得多元思想融入了他的学术积淀之中。观其生平治学大概,一是尊义法以明诗文,二是辩汉宋以明学术,三是参政事以明世用。而究其思想内核,无论是寄居幕下仍与他人著书论战,还是暮年即便号称“晚耽禅悦”却依然陈书禁烟主战,在饥寒窘迫之时不忘圣学道理与家国情怀,无不体现出方东树坚守经世之心的为学宗旨。

---

① 赵尔巽等:《清史稿》,中华书局1977年版,第13430页。

② [清]马其昶:《桐城耆旧传》,毛伯舟点注,黄山书社1990年版,第397页。

第二节　清代“汉宋之争”与方东树《汉学商兑》《书林扬觯》

“汉宋之争”是清中期学界的一个著名公案，其实早在明末清初便已有许多学者针对陆王心学末流一味空谈心性的弊端展开了严厉批评，而到了清代，汉学与宋学之间门户对立，相互攻讦批评渐趋激烈。清初宋学显赫，清圣祖将朱熹配十哲之后同享祭祀，清代文人回忆康熙朝时“宋学昌明，世风醇厚”①，到乾嘉时期，汉学勃兴，吴派惠栋与皖派戴震二家为考据学领袖，汉宋二派已有对立，而后进入嘉道之时，以江藩《汉学师承记》与方东树《汉学商兑》二书的问世，堪称“汉宋之争”达到白热化的局面。

“汉学”与“宋学”本同属儒学。何为“汉学”？乃指盛于东汉，并延续到唐代的古文经学；在更广泛的意义来说，也可包括西汉的今文经学。汉学影响悠远，到了清代又形成了乾嘉“朴学”一派。究其原因，当与清代帝王压制知识分子，造成学人不敢发挥思想有关，学人担忧生命之虞，只得将目光投入古籍，以引经据典为能事，效许郑而墨守成规。清代汉学学人自认为继承了汉代经学传统，其实在实质上已经有了很大的区别。至于“宋学”，则既包罗程朱道学，又含纳了陆王心学，乃是宋儒讲求义理心性之学。纵览经学，自汉代分出古文今文，一变而为南北学之分，再变而为“汉学”与“宋学”之分，而最后复为今文古文，又回归到了本源。关于“汉学”与“宋学”，章太炎、刘师培、梁启超等人均曾说明论及。

清代汉学家们注重“言必有征”“无征不信”，反对宋明理学空谈心性，他们标榜古文经学朴实的学风，最大特点是长于训诂考证。对古籍、史料等的校订、辑佚、整理是其在学术史上最为突出的贡献，但是其通病则在于又落入了繁琐细碎、脱离现实的窠臼。汉学家沿袭了清初学人严谨的治学方法，却背离了经国济民的治学主旨。而宋学家们自嘉庆以来看到朝政日

① ［清］爱新觉罗·昭梿：《啸亭杂录》，《近代中国史料丛刊》，文海出版社1973年版，第23页。

益腐化，民众生活维艰，但汉学家依然埋首故纸，对改变时局毫无帮助，顿感失望与不满，进而对汉学家开始了质疑与批判。以唐鉴为首的理学家和以桐城、阳湖两派为代表的文士云起，使宋学声势为之一振。姚鼐就说：

> 覃溪先生劝人读宋儒书，真有识之言。真汉儒之学，非不佳也，而今之为汉学乃不佳：偏徇而不论理之是非，琐碎而不识事之大小，哓哓聒聒，道听途说，正使人厌恶耳。且读书者，欲有益于吾身心也，程子以记史书为玩物丧志。若今之为汉学者，以搜残举碎，人所少见者为功，其为玩物不弥甚耶。①

桐城派对二程、朱熹等理学家尊崇备至，他们以孔、孟、韩、欧、程、朱以来的道统承传自任，姚鼐这封信札对清代汉学家进行了猛烈抨击，认为清代汉学诸人所学并非真汉学，不以判明事理是非为治学要领，而是“搜残举碎，人所少见者为功”，也就表明了桐城派的治学宗旨与主张。

嘉庆二十三年（1818），江藩著《汉学师承记》一书，采用纪传体阐述了清代嘉庆朝前的考据学家们的学术思想和师承关系，对汉学的成就进行了总结。但是其门户之见甚为严重，贬斥程朱，对宋学十分不屑。江藩直言“凡言不关乎经义小学，意不纯乎汉儒古训者，不著录”②，将宋学不加掩饰地排除在其学术壁垒之外。

方东树作为桐城派重要人物，服膺程朱，长于思辨，嘉道时树起宋学旌麾，无论在文学抑或史学研究上，都有重要地位。其时江藩与方东树共事于阮元幕下，《汉学师承记》一出就受到阮元等人的赞誉，但“深嗜程朱”的方东树顿感不满，同时，当时学风的转变也促使方东树为宋学著书立说。道光二年（1822），江藩《宋学渊源记》又成书，索性不将桐城一派文人列于宋学诸家之中，更引起方东树强烈的愤慨，不得不著《汉学商兑》《书林扬

---

① ［清］姚鼐：《惜抱轩尺牍》，卢坡点校，安徽大学出版社 2014 年版，第 101 页。

② ［清］江藩：《汉学师承记》，中西书局 2012 年版，第 164 页。

解》而书以卫道。

《汉学商兑》约成稿于道光四年（1824）到五年（1825）间，《书林扬觯》于道光五年成稿，两书皆刊行于道光十一年（1831）。《方仪卫先生年谱》载："四年甲申，先生……授经阮文达幕中，著《汉学商兑》四卷……按此书刊于辛卯，而创稿实在《粤东文集》上。……五年乙酉，先生……授经阮文达幕中，按先生在文达幕中，兼阅学海堂课文，有拟作数首刻《学海堂集》中，著《书林扬觯》二卷……按此书辛卯冬刊。"①显然从时间上看两者有延续性。《清史稿》载方氏"谓近世尚考据，与宋贤为水火，而其人类皆鸿名博学，贯穿百氏，遂使数十年承学之士耳目心思为之大障，乃发愤著《汉学商兑》一书，正其违谬，又著《书林扬觯》，戒学者勿轻事著述"。② 如果说《汉学商兑》是方东树旨在卫道，力驳汉学诸家以正宋学的被迫反击之作，因激愤而矫枉过正之语时有可见，那么《书林扬觯》更多的是在宋学思潮观照下，从著书风气着手指摘清代学风之弊，其门户之见较缓。

方东树《汉学商兑》沿袭明代湛若水驳杨时之《杨子折衷》体例，对汉学进行了批评。他斥责清代当时的学风，认为当时的学界"众口一舌"。汉学家们讥讽宋学家不理解圣人的语言文字，便妄谈圣人之道，方东树认为汉学家仅仅对经典文本进行单纯的训诂，也是不能领悟真正的圣人之道的，他认为："训诂不得义理之真，致误解古经，实多有之。若不以义理为之主，则彼所谓训诂者，安可恃以无差谬也！……主义理者，断无有舍经废训诂之事；主训诂者，实不能皆当于义理。"③汉学家一味想从典籍的文字中考究出圣人之道，却忽视了语言文字的局限性，况且"古人亦无达诂"，并且经过历史的发展，文字的音义都会发生改变，而经过代代传抄，许多经典的文本也出现纰漏、增误之处，如果汉学家按照错误的文字穿凿附会来考

① ［清］郑福照：《方仪卫先生年谱》，同治七年（1868）《仪卫轩文集》本，第6~8页。

② 赵尔巽等：《清史稿》，中华书局1977年版，第13430页。

③ ［清］方东树：《汉学商兑》，《续修四库全书》，上海古籍出版社2002年版，第582页。

据先道，显然是不足取的，而且可能与“圣人之真意”咫尺千里。

诚如方东树所言，义理“实有出文字之外者”，当然，汉学影响弘远，并非一无是处，方东树也承认这一点，而方东树坦承他强调的宋儒之学离不开考据注疏，他说：“近世学者往往舍传注疏释便读宋儒之议论，盖不知议论之学自传注疏释中出，特更作正大光明之论耳。传注疏释之于经，十得其六七，宋儒用力之勤，铲伪得真，补其三四而备之也。故必先传注而后疏释，而后议论。”①在当时汉学主导的学界，方东树力撑宋学，独树旗纛，他的声音应该说是振聋发聩的，对学界进行学术视角的转变起到了很大的促进作用。以《汉学商兑》刊行为标志，“汉宋之争”逐渐平息，而“调和汉宋”也在学界渐成风气，梁启超就有客观论断：“方东树之《汉学商兑》，却为清代一极有价值之书。……其书为宋学辩护处，固多迂旧，其针砭汉学家处，却多切中其病，就中指斥言‘汉易’者之矫诬，及言典章制度之莫衷一是，尤为知言。后此治汉学者颇欲调和汉宋。”②

方东树《昭昧詹言》《汉学商兑》二书论及“唐宋诗之争”与“汉宋之争”，尤为学界关注，而方东树另一部论著《书林扬觯》却长期被学界忽视，偶有论及，也多粗笔带过。事实上，在一些清人眼中，《书林扬觯》与《汉学商兑》每相提并论，至钱穆在《中国近三百年学术史》中更明确揭示《书林扬觯》与《汉学商兑》的关系：“其书亦掎摭时病而发，与《商兑》为姊妹篇也。《扬觯》末载《商兑》序略，今不见于《商兑》；《商兑》末亦述及《扬觯》。两书同刊于辛卯，盖亦同时所成。惟《商兑》专务纠驳，《扬觯》则稍有建白。”③所以接下来将对《书林扬觯》进行重点阐论。

《汉学商兑》与《书林扬觯》关联密切，方东树在《书林扬觯》上卷开篇云：“两粤制府阮大司马……乙酉初春，首以‘学者愿著何书’策堂中学徒，余慨后世著书太易而多，殆于有孔子所谓‘不知而作者’。”④这里交代了此

① ［清］方东树：《书林扬觯》，同治十年望三益斋刻本，卷下第13页。
② 梁启超：《清代学术概论》，朱维铮校注，中华书局2010年版，第103页。
③ 钱穆：《中国近三百年学术史》，商务印书馆1997年版，第577页。
④ ［清］方东树：《书林扬觯》，同治十年望三益斋刻本，卷上第1页。

书写作背景。道光四年(1824),阮元所建学海堂新址落成,焦循、凌廷堪、江藩等汉学学人同在此授课,明确承继汉学家法,凌氏以“礼”替“理”,意在从根源上否定宋学,江氏著《国朝汉学师承记》公开树起门户对立,不仅贬斥宋儒,甚至连持中立态度的学者也加以贬责,意在突出汉学正统地位。方东树其时正于阮元幕下,亲身感受到了汉学家之声势,并深表不满。在《汉学商兑》中即言:“近世有为汉学考证者,著书以辟宋儒、攻朱子为本,首以言心、言性、言理为厉禁。海内名卿巨公,高才硕学,数十家递相祖述,膏唇拭舌,造作飞条,竞欲咀嚼……历观诸家之书,所以标宗旨、峻门户,上援通贤,下詟流俗,众口一舌,不出于训诂、小学、名物、制度。”①凌、江之言看似颇有声势,但其并非无懈可击,梁启超、刘师培、钱穆等前贤都有反驳阐论,不赘。方东树作为当时身临其境者,感受自然更深,故在《书林扬觯》中对《汉学商兑》已提出的“数十家递相祖述”的著书泛滥之风以及当时学界整体形势提出意见并开展讨论。因此从著书缘起看,《汉学商兑》与《书林扬觯》有一脉相承之关系。

从著述体例看,《汉学商兑》与《书林扬觯》大都为先引他人之文,再对其加以评论,进而阐发自己的观点,当然具体内容又有所不同。《汉学商兑》上卷主要力陈宋学地位,中卷对汉学诸人言论进行反驳,下卷对《国朝经师经义目录》逐序进行批驳,先摘录论敌原文于前,再将自己观点以按语等形式驳斥于后,如:

凌廷堪曰:“为仁由己,而由人乎哉。人、己对称正是郑氏相人偶之说。”按,此耳食剿袭,更不辞矣?借如所云,人、己对称相人偶为仁,则圣人此二句成何文理?举圣人极明白之言而迂晦之,使不可通,汉学家著书睥睨程朱,其谬妄乃如此邪?②

① [清]方东树:《汉学商兑》,道光十一年刻本,序例第1页。
② [清]方东树:《汉学商兑》,道光十一年刻本,卷中之上第51页。

据统计，戴震、钱大昕、阮元、汪中、焦循、江藩六人被直接点名引录加以批驳的数量占《汉学商兑》全书大半，可见“对方东树而言，所要卫护的是程、朱‘正学’，所集中火力攻击者必为对程、朱‘正学’威胁最大者，而戴震一系学者，特别是扬州学者阮元、汪中、焦循等人，恰是对程、朱挑战最力者。”①而《书林扬觯》上卷多论及时人著书弊端，下卷多从著书体例进行阐述。引宋明理学诸贤语录于前，加自己观点于后，间有批驳汉学之论，而较少有点明姓名予以批判，更多的内容是对当时学界现状的针砭，如其论著书须有益于现实，可谓入理：

> 程子曰：“圣贤之言，不得已也。”盖有是言则是理明，无是言则天下之理缺焉。圣贤之言虽欲已得乎，然其包涵尽天下之理，亦甚约也，后人所为，动多于圣人，然有之无所补，无之靡所缺，乃无用之赘言也。既不得其要，则离真失正，反害于道矣。愚谓著书非著义理，即表章纪事，有益于天下后世人心学术、民生政治，故为世间不可少。若著义理而偏见颠倒谬妄，反足为损表章纪事，传诬失实又不得首尾要害，反足滋天下后世之疑。凡若此等者，皆有损无益，不如无书。又或见闻寡陋、不知而作、道听途说，或国史已详，或他家所记已备，而我之未见，反自矜网罗放失，虽贤者识小不害于纪，远而固己遗讥大雅见鄙通识矣。②

从行文态度看，《汉学商兑》语词激烈，以至某些言论显然有失偏颇，情绪化的色彩往往使得方东树在攻讦汉学门户短见之弊端时，反而陷入因自己的非理性态度而形成的门闬之中，究其原因，主要在于方东树认为当时汉学鼎盛，将宋学挤压到了边缘的位置，如不奋力抗争，恐有消亡之虞。以严苛的态度进行呐喊，有时会比心平气和侃侃而谈收效更佳。而《书林

① 李帆：《清代理学史》（中卷），广东教育出版社2007年版，第370页。

② ［清］方东树：《书林扬觯》，同治十年望三益斋刻本，卷上第9～10页。

扬觯》作于《汉学商兑》之后，似有意识稍加调整，故行文上较《汉学商兑》为平和，虽偶有如“有意欺罔，摭拾单词，取与己意相合”①之语，但与《汉学商兑》动辄“汉学诸人，其蔽在立意蔑义理，所以千条万端，卒归于谬妄不通，贻害人心学术也”②等主观色彩浓厚的言辞相较，态度已有所舒缓，行文较为平允持重。其中如“圣人删诗书，述作《春秋》《易传》，全为明道，教天下万世也。汉儒作传注，宋儒讲辩义理，同是意也。汉唐以来，世主取通儒传疏，列之学官，亦犹唐虞敷教之典。其余诸子百家著书，偏全深浅不侔，亦各抒己见，分以明道之散殊者也”③等论，确为公允与客观，显示出更为成熟的学术态度。

从当时影响上看，《汉学商兑》付梓后，宋学声势为之一振，学界对汉学的缺陷有了更多认识，汉宋之争也渐趋辩证客观。有学者认为：“汉学衰微与汉宋调和等，与《汉学商兑》并无任何的直接关联。”④此说未免有些绝对化了，方东树作为一位重要的宋学言说者与护持者，是无法忽略的，但《书林扬觯》作为对《汉学商兑》的补充，其意义与价值都长期掩覆于后者之下，尚未得到深入研究。从学术史看，《书林扬觯》虽然没有《汉学商兑》那样显著的意义，然其论及清人著书诸种弊端，实为后世了解当时学界生态、了解方东树的学术思想提供了新颖视角，这两部著作宜当合读。

需要指出的是，后世眼中的汉宋之争，势同水火。其实，当时不少贤哲宿儒，都主张汉宋兼采，不论是被划为汉学一派的惠栋、戴震、阮元等人，还是被划为宋学一派的朱珪、翁方纲、姚鼐等人，都强调“汉人经术，宋人理学，兼之者乃为大儒”。⑤ 翁方纲更是强调“学者正宜细究考订诂训，然后能讲义理也”。⑥ 汉、宋之学各有偏重和长短，因而皆有可取之处，正如后

---

① ［清］方东树：《书林扬觯》，同治十年望三益斋刻本，卷上第 47 页。

② ［清］方东树：《汉学商兑》，道光十一年刻本，卷中之下第 49 页。

③ ［清］方东树：《书林扬觯》，同治十年望三益斋刻本，卷上第 12 页。

④ 漆永祥：《方东树〈汉学商兑〉新论》，《文史哲》2013 年第 2 期，第 127 ~ 137 页。

⑤ ［清］惠栋：《九曜斋笔记》，光绪二十九年贵池刘氏刻本，卷二。

⑥ ［清］翁方纲：《复初斋文集》，光绪三年重校本，卷七。

来学者所论:“夫汉儒经说虽有师承,然胶于言词立说,或流于执一。宋儒著书虽多臆说,但恒体验于身心,或出入老释之书。故心得之说亦间高于汉儒。是在学者之深思自得耳。”①而江藩、凌廷堪等人在汉宋间分出是非,严立壁垒,甚至《汉学师承记》批评顾炎武、黄宗羲为“骑墙之见”,如此之论难免会激起论辩声浪。正由于江藩大张汉学门户于先,才有方东树为正宋学之名而著《汉学商兑》攻讦于后。此后方氏又著《书林扬觯》,提出“建白”,以与《汉学商兑》互为映照,这正是我们将《书林扬觯》纳入那段学术史的出发点。

清兵入关定鼎后,一仍前朝以程朱为官学。然而理学家长期尊德性而轻事功,随着社会的发展越来越暴露出思想与学理贫乏的一面。就学界而言,自顾炎武等人因明亡而严厉指责宋学流弊,康熙后又未能涌现如熊赐履、李光地、张履祥这样的理学大家,汉学家对宋学赖以生发的经籍加以辨伪考订,也严重动摇了宋学的存在合理性。且时局渐平,安心考据,整理前人文献,以存续儒学正统逐渐成为主流风气,而宋学逐渐故步自封,未能在理论上有创新,势必转入低潮。

但是汉学亦非无弊,时人便讽刺汉学家“记诵虽得,探讨虽勤,而一遇事全无识见,一举念只想要钱。”②方东树在写就《汉学商兑》批评汉学、卫护宋学后,又针对当时整个学界风气与弊端,著《书林扬觯》以阐发其学术理念。方东树首先强调著书须有宗旨,要有高远的理想目标:

> 学者著书,要当为日星,不可为浮云,虽能障日星、蔽太清,而须臾变灭,倏归乌有,今日之浮云,非昔日之浮云也,古今相续不绝,要各自为其须臾耳,而日星虽暂为其所蔽,终古不改,奈何世之为浮云者多也。意气之盛,有时消歇,是非公论卒不可夺,徒自

---

① 刘师培:《清儒得失论——刘师培论学杂稿》,中国人民大学出版社2009年版,第210页。

② [清]梁章钜:《退庵随笔》,光绪元年校刊本,卷十四第1页。

外于圣人之徒耳。①

在当时汉学学者穷尽精力考据时,并没有跳出学术门户藩篱,他们或充实汉学前贤的观点加以修补,或寻找宋学理论的弱点进行贬斥。关于学术宗旨,朱熹有言:“学者须先立志。今人所以悠悠者,只是把学问不曾做一件事看,遇事则且胡乱恁地打过了。此只是志不立。”②以此观上述方氏论著书宗旨之语,不但突出了宋学的立场,并站在汉宋之外省视著论立说的宗旨所在,对诸派系的学者都有借鉴价值。

清代封疆大吏往往好儒通文,毕沅、孙星衍、曾燠、阮元等人幕下汇集了一批文人学者,这对当时的文学、学术风气产生了重要影响。然而幕臣鱼目混杂,著书太多,必然会产生良莠不齐的现象。方东树肯定学人应当著书,但是指出著书并非易事:

大帙重编,古人多父子宿业,故能讨论精覈。其次则必其人有天授异才,而又毕生勤力精专,笃嗜不厌,如康成之注《六经》、杜元凯之治《左氏春秋》、温公之著《通鉴》,然后一书出,始能江河万古,日月常新,与天地不敝。今之学者,根柢浅薄,用心尚觕麤,无所欲语,而强欲著书。苟为难能,又迫以岁月速化,取家人筐箧中物,剿袭抄辑,踳驳舛漏。或矜尚新奇,支离穿凿,或吹久讹之焰,承谬种之传。既成,索一巨子序而名之,遂居之不疑,负其意气,内以傲其父兄,外以骄于一世。③

他强调著书是需要耗费时间精力的大事,往往学者以一生精力写成一部,成为后世不可不读之书,但学识尚浅之人轻易著书,便成一弊,这实际上是对朱熹“学者轻于著书,只是气识浅薄,所谓‘圣虽学作兮,所贵者资,

① ［清］方东树:《书林扬觯》,同治十年望三益斋刻本,卷上第11页。
② ［宋］黎靖德:《朱子语类》,中华书局1986年版,第134页。
③ ［清］方东树:《书林扬觯》,同治十年望三益斋刻本,卷上第18页。

便儇皎厉兮,去道远而'”①的申发。方东树还以近乎笑骂的语气道出当时著书之易,草草写完一书便求名人为其作序,“内以傲其父兄,外以骄于一世”。宋学讲究以自身体悟出发,读书著书皆要坚守心性,然而后人无所欲语却又随意著书,此为一弊。

那么,时人为何轻易著书?方东树引顾炎武《日知录》语:“后人书愈多而愈舛漏,愈速而愈不传,所以然者,其视成书太易,而急于求名故也。”②此为方东树抨击时人的又一个弊端,即为争名炫学而著书。他在《书林扬觯》中引朱熹语慨叹后人矜名:

朱子曰:“平生自治无用,只欲修葺小文字以待后世,庶有小补于天地之间。”又曰:“翻动册子,便觉前人阙略兵败,欲以告人而无可告者,又不免辄起著述之念。”按,此言真道尽人心中情事,知此意者渺矣。盖君子立言,其不得已也,如是岂如后人苟以矜名而已哉。又观朱子晚年与李季章诸人书论修《礼经》,拳拳之意何其沉痛也。”③

为求名利而著书,确为流弊,正如朱熹所论,“学者只是不为己,故日间此心安顿在义理上时少,安顿在闲事上时多,于义理却生,于闲事却熟”。④方东树借之抨击汉学家:“今人多好为四书解说者,先存一驳朱注之心,以得一新奇为喜;多好为经说者,先存一博综之心,以多得一证据为喜。疏浅固蔽,不暇深思。此只是浅薄争名,非真欲明道也。”⑤其时汉学家如毛奇龄等“对于宋儒猛烈攻击,有《大学知本图》《中庸说》《论语稽求篇》等,但常有轻薄嫚骂语,不是学者态度。还有一部《四书改错》,骂朱子骂得最利

① [宋]黎靖德:《朱子语类》,中华书局1986年版,第194页。
② [清]方东树:《书林扬觯》,同治十年望三益斋刻本,卷上第15页。
③ [清]方东树:《书林扬觯》,同治十年望三益斋刻本,卷上第7页。
④ [宋]黎靖德:《朱子语类》,中华书局1986年版,第139页。
⑤ [清]方东树:《书林扬觯》,同治十年望三益斋刻本,卷上第15页。

害，后来听见清圣祖要把朱子升祀大成殿，赶紧把版毁了。”①当然，宋学家亦并非绝对没有矜名之人。此种陋习，盖不分汉、宋，实为当时整个学界之通弊。故方东树在《书林扬觯》中说：

> 凡著书，若非不能已于言，而徒欲搏名，无一是者。虽择题而为之，终外强中干，如考订经义最为大题者，然非精诣卓有独见，则亦陈陈相因，剿说贩稗而已。讲论义理亦为大题，然呆衍宋儒语录，多拾前人绪余，不出里塾拘墟之见，亦老生学究腐谈。②

他在这里将汉宋合论，也印证了方东树作《书林扬觯》与《汉学商兑》相异，所秉持较为客观之态度。不管何派何人，只要急于搏名，必然轻易著述。在方东树看来，著书贵在有宗旨，不贵量多，《隋志》记载梁简文帝著书八十五卷、梁元帝著书五十二卷、沈约著书一百多卷，虽多而亦不传。但凡传世久远者，必以其精，而非以其多：

> 廉希宪论《孟子》只取王霸、义利、性善三言。尧舜之道，孝悌而已。孟子以仁义知礼乐之实，皆归之于此。所谓实者信是也。穷理致知，版躬实践，不出孝悌忠信。如扬雄识奇字，马融、蔡邕，负旷世才而皆不识节义，字虽多，亦奚以为？③

方氏又引清初宋学名儒张履祥之言：“张杨园曰：濂溪明道著书不多，未尝有亏欠处。若以资后学之阶梯，则守其一言，通其一书，定以上达而无难，亦无俟读其全书也。”④朱熹在论《大学》时也说：“当初只怕人晓不得，故说许多。今人看，反晓不得。此一书之间，要紧只在‘格物’两字，认得

① 梁启超：《中国近三百年学术史》，商务印书馆2011年版，第209页。
② ［清］方东树：《书林扬觯》，同治十年望三益斋刻本，卷上第25～26页。
③ ［清］方东树：《书林扬觯》，同治十年望三益斋刻本，卷上第21页。
④ ［清］方东树：《书林扬觯》，同治十年望三益斋刻本，卷上第23页。

这里看,则许多说自是闲了。初看须用这本子,认得要害处,本子自无可用。某说十句在里面,看得了,只做一句说了方好。某或问中已说多了,却不说到这般处。"①方东树告诫学人谨慎著书,以精要为尚。

著述欲精而传世,必须切于世用:"典章名物固是实学,若施于实用,不切事情。如王制、禄田、考工、车制等不知何用,则不如空谈义理犹切身心也。"②方东树在这里针对名物考证展开批评,汉学家一味稽古考据,虽是实学,但对现实并无实际用处,此论实为宋学张目。故《书林扬觯》曰:

> 实事求是,莫如程朱,以其理信,而足可推行,不误于民之兴行,然则虽虚理而乃实事矣。今之为汉学者,言言有本,字字有考,乃至音诂佐证,数十百条,确凿无疑。反之己身本心,推之家国事物之理,毫无益处,徒使人荡惑狂狙失守而不得其所主,然则虽实事求是,而乃虚之至者也。③

这里指出程朱虽被称为空谈义理,但其发乎内心,修身明道的理性精神却正是实务。面对清中叶的思想转型与西洋诸强的叩门,思想与学术变化都在所难免,汉学虽"言言有本,字字有考",却拘泥本物。在方氏看来,宋学与其相比"实事求是",切于思辨求新之势。

汉宋之争,在对待具体著书形式的态度上即表现出对语录著书这一独特形式的褒贬。进入清代后,汉学家批评宋学语录著书"阳儒阴释",正是批判其借佛经语录著论的形式来发展宋学,进而否定宋学正统性。在《书林扬觯》中,方东树也描述当时学界对宋学指摘:"宋儒以来以语录著书,因于释氏,俚而不文,世争讥之。"④明末阳明后学所谓"悟道"的语录类著作,渐染"狂禅"之风。然而程朱宋学则未必,宋儒论道,多有语录传世,而

① [宋]黎靖德:《朱子语类》,中华书局1986年版,第254页。
② [清]方东树:《书林扬觯》,同治十年望三益斋刻本,卷上第25页。
③ [清]方东树:《书林扬觯》,同治十年望三益斋刻本,卷上第25页。
④ [清]方东树:《书林扬觯》,同治十年望三益斋刻本,卷下第18页。

从儒学正脉追根溯源，则可直至仲尼，从《论语》而推之，宋儒也正是以圣人之道而标榜。因此方东树引出观点：

> 程朱语录本非自著，乃门人弟子一时记其师之言，记者失真，固不能无病，《论语》之书即是如此，特圣人出言有章，一时记者又皆贤哲之徒，时又近古，此所以足为经也。要之，不可谓非语录也。①

他指出，宋学语录著作并非学者自撰，他人记录不可避免会有纰漏，进而说明《论语》也是以同样方式记载流传，而其之所以能够成为经典，一是孔门弟子皆为贤哲，记录流传舛误更少，程颐即云："传经为难。如圣人之后才百年，传之已差。圣人之学，若非子思、孟子，则几乎息矣。"②二是经历久远时间的打磨，自然足以为经。这反过来也说明宋儒语录著书被"世争讥之"的原因，并不在于宋儒乃至宋学本身，而是由于传录失当。

方东树在《书林扬觯》中对汉学一派所讥的程朱语录类著作过于俚俗也表明了观点。首先，他说明"夫苟其言不足取，虽法子云、王通，适见其可厌；苟其言真有用，语录何害乎？"③如若内容精当，语言上的俚俗亦无妨碍。其次，进一步说"著书本以明道垂教，诚使有益于圣人之道，有益于天下人心学术，不犹愈于矜一己之名，而独为君子乎？"④所谓得鱼忘筌，著书本为传道解惑，有益天下，语言上的浅近显然更容易被接受，如若一味强调语言古雅典奥，岂非舍本逐末。再次，针对所谓语录著书易作进行辨析，他指出"若其语之浅深高下，精粗纯驳，或剿袭肤剩，或实有心得，有真儒出，一见即判。终不可剽窃伪为，则亦岂易作乎？"⑤所谓语录著书易作不过是

① ［清］方东树：《书林扬觯》，同治十年望三益斋刻本，卷下第19页。
② ［宋］程颢、程颐：《二程集》，王孝鱼点校，中华书局1981年版，第176页。
③ ［清］方东树：《书林扬觯》，同治十年望三益斋刻本，卷下第19页。
④ ［清］方东树：《书林扬觯》，同治十年望三益斋刻本，卷下第19～20页。
⑤ ［清］方东树：《书林扬觯》，同治十年望三益斋刻本，卷下第20页。

就形式上而言，内容上要达到精深绝非易事。“苟信于辞，则或有害于义，曾不若无书之为愈也。”①因此从语录推至著书，其重点在于明道，而不在于过度注重语言，在于内里，而不在于外在。与程朱一脉相承，在《书林扬觯》附论文人时称：“张文潜诲人作文，以理为主，曰：‘学文之端急于明理。无见于理，而欲以言语句读为奇，反复咀嚼，卒亦无用，文之陋也。’”②

唐宋以至明清，说部著书呈纷繁之态，肇近代小说初端，或采世态炎凉，或助谈笑欢娱，或语奇人异俗，蔚为大观，但鱼龙混杂，不可不明辨之。故方东树在《书林扬觯》中又论说部著书，他一则认为说部“有关系重大羽翼经史者，有记事可资见闻者，有议论可采者，有没紧要无用而可厌者，有大悖有害义理学术者，有污蔑乱道游谈无根足乱是非者，须分别观之”。③区别说部书籍的高下，可见其力主儒家正统。他二则认为“盖说部书为子部杂家，或为史氏所采，即是著书立言之义，固不可苟。”④这是从历史真实性出发，强调说部内容须可信，并在后文列举牛僧孺《周秦行纪》、顾炎武《日知录》等，认为其对史实补充确有裨益。

然而方东树在论说部著书时又说：“著书为文，好承用古字句，此最为陋恶。”⑤内容真实可信与袭用古字古句并不可画上等号，然而将此与论语录著书联系起来便不难发现，这里实际上是将论争对象借说部指向汉学：

> 近世汉学考证家好引杂说以证经，辄言其时去古未远，或其人相及，其地相近，执此以为确据，而不知事之有无当断之以理，不在年代之近远，人地之亲疏。世固有子孙言其父祖，弟子言其先师，错谬失实者多矣，安在时地人相近而即可信乎？⑥

① ［宋］程颢、程颐：《二程集》，王孝鱼点校，中华书局1981年版，第1204页。
② ［清］方东树：《书林扬觯》，同治十年望三益斋刻本，卷下第39页。
③ ［清］方东树：《书林扬觯》，同治十年望三益斋刻本，卷下第23页。
④ ［清］方东树：《书林扬觯》，同治十年望三益斋刻本，卷下第23页。
⑤ ［清］方东树：《书林扬觯》，同治十年望三益斋刻本，卷下第24页。
⑥ ［清］方东树：《书林扬觯》，同治十年望三益斋刻本，卷下第25页。

他指出进行考据应当以理判明正误，而不是听信“其时去古未远，或其人相及，其地相近”，何况如前文所述弟子记录先师文字难免误漏，而以之为据，未免谬之。所以与上文《书林扬觯》论语录著书两相比照来看，方东树论说部著书意在表明，说部对考据而言不可轻信，进而诘问汉学。我们应当注意到，方东树在《书林扬觯》中所说的“著书”，大多意为著经世致用，有益历史、社会之书，这显然还是显示了坚守宋学的经世致用思想。

在《书林扬觯》论语录著书、说部著书之外，方东树还分别论及著书争辩、著书说经、著书凡例等，由于本书篇幅所限，难以逐一详述，不过方氏阐论语录著书与说部著书是一对具有特色的篇章，相互有一定关联，却又各自不同。如果说《书林扬觯》论语录著书是为宋学辩白，那么其后的论说部著书则是借以刺汉学。而方氏也坦承，他强调的宋儒之学离不开考据注疏，他引刘静修语“近世学者往往舍传注疏释便读宋儒之议论，盖不知议论之学自传注疏释中出，特更作正大光明之论耳。传注疏释之于经，十得其六七，宋儒用力之勤，铲伪得真，补其三四而备之也。故必先传注而后疏释，而后议论”①，并称“此论甚正”。我们确已经能够看出方东树一改《汉学商兑》中极端激进的言辞态度，既护持着既有的立场，又具有一定的包容姿态，这也正是《书林扬觯》全书“建白”价值所在。

在清代中叶汉学如日中天时，宋学一派几未有如方东树之奋起护卫者。姚莹赞誉方氏之功曰：“植之尝为《汉学商兑》矣，以近世汉学诸贤妄毁宋儒，且诬圣道，故力申考辨，而圣道以明。又尝为《书林扬觯》矣，以无识之人妄事著书故，详言古人不肯苟作，与夫不得已而有作之旨。是二书者，可谓精于立言矣。”②管同也说：“所论虽专为著书而发，实则穷理格物，行己立身之道悉贯乎其中。”③陆继辂指出：“《汉学商兑》所以直入诸家之胁，全在理精义确，可谓搏虎屠龙手。其著书大旨则尽于此书中。”④梅曾

---

① ［清］方东树：《书林扬觯》，同治十年望三益斋刻本，卷下第13页。
② ［清］姚莹：《东溟文集》，中复堂全集本，文后集卷十。
③ ［清］方东树：《书林扬觯》，同治十年望三益斋刻本，题辞第1页。
④ ［清］方东树：《书林扬觯》，同治十年望三益斋刻本，题辞第1页。

亮于《书林扬觯》书后亦言：

方子植之之为此书，其说既盛美矣。曾亮请引伸其说，曰：唐之前，人品之邪正，政事之是非，较然分明，未有一人之身，乍贤乍佞者也。唐以后，朋党相倾轧，明以后，师生相救援，各有私说传之稗官，而爱憎胜召实淆矣。其人大都身居贵游，号习掌故，草野之士无由辨其伪真而究之。为此书者，皆党同伐异，不学无术之人也，唐之牛李，宋之绍述，明之数大案，读史者于正人君子俱不能无遗憾焉。虽完人，实难亦邪说乱，真有中于人心之先入者矣。宋人谓子弟读世说，则骄蹇易生，夫世说之失，不近人情而已，唐人重科第一，时学士著书多以先辈行卷，归生衣钵为美谈，一第之得失有死生以之者，岂必其情事之实，然亦冒得者之自为嫮姱而已，然庸鄙之说，遂锢溺于人心，以至如北梦琐言记登科之唐摭言等书，其人皆当戎马倥偬，国祚颠沛之时，而沾沾于人士之一第，岂非廉耻道息，而为无学识之尤者哉，无识之人，言安足信，为史者或取而录之，其是非之倒置宜矣。①

张际亮也说："使人闻所不闻，见所不见，参稽博考，义据通深，其微文大义，炳于日星，可谓惜天下之宝。"②此类褒扬，不胜枚举，可见方氏《汉学商兑》《书林扬觯》在弘扬宋学上的贡献和影响。直至20世纪30年代，陈垣还计划著《广书林扬觯》一书，专论著作体例与谬误，在书名及章节标题上有效仿方氏之意，陈垣《广书林扬觯提纲》中列有"著书者之谬误""传抄传刻、校书者之谬误""文忌重复"等小标题（详见《陈垣全集》第二十二册，安徽大学出版社2009年版）。此书虽未完成，仅存提纲及引用书目，与方氏之书在内容上尚有不同，但不难窥见《书林扬觯》一书影响之持久深远。

---

① ［清］梅曾亮：《柏枧山房诗文集》，上海古籍出版社2012年版，文集卷五·书序。

② ［清］方东树：《书林扬觯》，同治十年望三益斋刻本，题辞第1页。

当然,批评之声亦时有之。王秉恩以为《书林扬觯》不应入《书目答问》正录。① 皮锡瑞认为:"《汉学商兑》以反攻汉学,平心而论,江氏不脱门户之见,未免小疵。方氏纯以私意,肆其谩骂,诋及黄震与顾炎武名,为扬宋抑汉,实则归心禅学,与其所著《书林扬觯》皆阳儒阴释,不可为训。"②对于皮氏的批评,学者周予同提出了反批评,他在注释《经学历史》时指出皮氏"不能超出一切经学的派别来记述经学,而只是立在今文派的旗帜下来批评反对派"。③ 宋学是对儒学的更新发展,而清代汉学诸人对宋学的指斥并不具有充分的学理。方东树承认宋学"因于释氏",但正如学者所论,"从哲学本身上来说,这种指责并无意义。……更新的儒学是儒学、佛学和道家思想(经过禅学)、道教思想的融合。从中国哲学史的观点看,这种思想融合是一种发展,因此是得而不是失"④,此言得之。

并且,如上文方东树曾引录顾炎武《日知录》语,《书林扬觯》中也多次引用,并加以肯定,称赞其"盱衡今古,意甚高远"⑤,并非如皮锡瑞所言"诋及黄震与顾炎武名"。方东树也将理学正源与后期末流区分开来,认为将末流之弊端尽归因于程朱并不恰当,在《书林扬觯》中专论"著书精博二派"时云:

> 今谈宋学者以空疏语录为宗,非真程朱;谈汉学者以曼羡支离为是,非真班固、献王。晋楚带剑,臧谷同失,窃以为两病也。昔永明禅师初习台教,后乃教乘双修,今之君子,其智殆出永明下矣。⑥

---

① 袁行云:《〈书目答问〉和范希曾的〈补正〉》,《社会科学战线》1979 年第 1 期,第 340 ~ 352 页。

② [清]皮锡瑞:《经学历史》,周予同注释,中华书局 1981 年版,第 313 ~ 314 页。

③ [清]皮锡瑞:《经学历史》,周予同注释,中华书局 1981 年版,第 11 页。

④ 冯友兰:《中国哲学简史》,天津社会科学院出版社 2007 年版,第292 页。

⑤ [清]方东树:《书林扬觯》,同治十年望三益斋刻本,卷上第 5 页。

⑥ [清]方东树:《书林扬觯》,同治十年望三益斋刻本,卷下第 7 页。

由此亦可见,《书林扬觯》所体现出的重要意义在于方东树已颇欲调和汉宋,虽站在宋学立场上,不免有一定倾向,但放眼于清中叶之时代与学术环境,从《汉学商兑》到《书林扬觯》,其能反躬自省调整态度,自应得到肯定,同时他认为训诂应与义理结合起来,互不偏废才是治学之道,这也有其学术意义。

无论是汉学还是宋学,双方学人对文脉道统的继承信念,体现出独特的立场和面貌。但从另一层面来说,历代帝王几乎无不意图利用学术维护统治,学术的自主很大程度上较难实现,故而汉宋风潮的此起彼落,官方隐伏着推波助澜也在情理之中。当内忧外患逐渐显露,求新求变已是时代的必然要求,"天下贬抑宋学,不谈义理,专尚考据,其亦不得已而然耳。故清一代汉学之极盛,正士气之极衰,士气衰而国运焉能不替"。① 无论是学界还是统治者,也无论是主观意愿还是被迫无奈,都希望在一定程度上革故求新,因此部分学者不免从汉学回望宋学,尝试寻找革新之道。

当然不可否认的是,无论是宋学还是汉学,在历史演进到清代中期时已呈龙钟之态。面对形势的变化,方东树试图从程朱夫子处寻求经世之道也难以解决现实问题。然而从修身明道与镜观古今等方面推而言之,时至今日,《书林扬觯》之言未尝没有其价值。方东树针砭当时学界之弊,如为争名逐利而轻易著书,或为求量多而随意为文,或长篇大论却语焉不详,或不讲明道理而徒争口舌等,此类固然是方氏为正程朱而论之,然而清人确有其蔽,需要揭示。管同即直接指出《书林扬觯》虽是为著书而发,贯穿其中的理念实际上是穷理格物,行己立身之道。

郑福照《方仪卫先生年谱》也称:

(《书林扬觯》)终篇有曰:藏书满家,好而读之,著书满家,刊而传之,诚为学士之雅素,然苟学不知要,敝精耗神,与之毕世,验之身心性命,试之国计民生,无些子益处,此只谓之嗜好,不可谓

① 孟森:《清史讲义》,中华书局2006年版,第307页。

之学。君子之学，崇德修慝，辨惑惩忿，窒欲迁善，改过修之于身，以齐家治国平天下，穷则独善，达则兼善，明体达用，以求至善之止而已。不然虽著述等身，而世不可欺也。①

这说明方东树著此书不限于讨论著书相关问题，其中更包含独善兼济、明体达用的人生价值取向。我们不必认定宋学已是明日黄花，先哲思索秉持的精神追求与道德准则在思想纷纭的今日亦未褪色，这也是今日学人值得借鉴之处。前文所述方氏“学者著书，要当为日星，不可为浮云”的著书宗旨，于今亦有警示作用。

要之，自“汉宋之争”渐起而至调和之势，方东树著《书林扬觯》为《汉学商兑》姊妹之篇，以明学人何以著书，如何著书，集中笔力批驳时人弊处，确有其不可忽视之进步意义。在《书林扬觯》书后所录《汉学商兑序略》之末，方东树有这样一段话：

周栎园《书影》言：“昔有鹦武，飞集陀山，乃山中大火，鹦武遥见，入水濡羽，飞而洒之。天神言尔虽有志意，何足云也。对曰：‘尝侨居是山，不忍见耳。’天神嘉感，即为灭火。”余著此书，亦鹦武翼间水耳。②

其实两本书相互映照，其著《书林扬觯》亦颇有鹦鹉翼间水意。方氏著此二书，固知身轻言微，然而千百年来学人无不为修身明道孜孜以求。方氏尊程朱以观照当时学界，斥时人著书贪多、著书矜名，言著书须有宗旨、切实用、重明道，并借语录著书与说部著书展开讨论，论汉宋，可视为宋学思潮对清中叶占统治地位的汉学势力的反拨。这作为学术史上的一页，人们自应关注。此外注意《书林扬觯》调和汉宋的一面，究明其“建白”之

① ［清］郑福照：《方仪卫先生年谱》，同治七年刻《仪卫轩文集》本。

② ［清］方东树：《书林扬觯》，同治十年望三益斋刻本，卷下第47页。

义，能够更全面考察方东树之思想走向。《书林扬觯》不应该逸出我们的学术视野，在学术史上为其保留一定之地位庶几可矣。

虽然方东树严厉批评汉学家，批评汉学的治学方法，但这是因为汉学势力正炽，不采取激烈言辞予以回应难以吸引学界的视线，他在《昭昧詹言》中就说：

> 君子取人贵恕，及论学术，则不得不严。大声疾呼，人犹不应，况于骑墙两可，轻行浮弹以掣鲸鱼，褒衣博带以赴敌场，菖阳甘草以救沉寒火热之疾乎？①

宋学的思辨性使得他认为，还是要将训诂与义理两者结合起来，互不偏废，才是治学之道。作诗亦是同理，在诗论中，方东树认为，诗歌创作一方面要先钻研古人之法，饱读诗书，于典籍经论中学习法度。他认为，作诗之法，"非解读六经及秦、汉人文法，不能悟入。试取诗、书及大学、中庸经传沉潜玩味，自当有解悟处"②，"能多读书……方能去陈出新之妙"③。另一方面又要不拘泥于古人文字，否则空有文字却诗意全无，言之无物，他认为"古人文法之妙，一言以蔽之曰：语不接而意接"④，字句是诗文的末事，诗外须有余境方为好诗。

我们可以看到，从《汉学商兑》到《书林扬觯》，再到《昭昧詹言》，方东树的学术思想统一并贯穿于其著作所组成的学术架构之中，从与汉学家的论辩到方氏诗论，无不体现出方东树以儒家义理为核心，调协兼采的学术理念。

---

① ［清］方东树：《昭昧詹言》，汪绍楹校点，人民文学出版社 1961 年版，第 50 页。

② ［清］方东树：《昭昧詹言》，汪绍楹校点，人民文学出版社 1961 年版，第 27 页。

③ ［清］方东树：《昭昧詹言》，汪绍楹校点，人民文学出版社 1961 年版，第 18 页。

④ ［清］方东树：《昭昧詹言》，汪绍楹校点，人民文学出版社 1961 年版，第 28 页。

第三节　清中叶“格调”与“性灵”的诗学冲突

中国古典诗歌在唐宋为盛世，经元明至清代复呈中兴之势，表现之一是诗学观念多元、流派纷呈。王士禛的神韵说在清初几为诗学主流，但其弊端也受到后人指斥：“自以为味淡声稀，已造高古之诣，而不知反启平庸之弊，如禅家误守顽空，并非真空彻悟也。”①而进入乾嘉时期之后，以沈德潜为首的格调论与以袁枚为首的性灵说从诗学指导理念，到诗歌创作方法都有着截然不同的论识，两家针锋对麦芒，对立尤甚。此外，同时期尚有翁方纲的肌理说，但“翁以考据为诗，饾饤书卷，死气满纸，了无性情，最为可厌”②，平心而论，其影响远未达到沈氏与袁氏二说之盛。

所谓“格调”，唐代已有，其时王昌龄《诗格》中已有“凡作诗之体，意是格，声是律，意高则格高，声辨则律清，格律全，然后始有调”③的论断，日人遍照金刚《文镜秘府论》也加以引用，但当时所说的格调与后世所指尚有出入。到宋人严羽《沧浪诗话》对诗歌思想、艺术进行了系统论述，有力地促进了格调说的逐步成熟。元人在唐诗理论构建进程上，方回及其诗评著作《瀛奎律髓》占有十分突出的地位，方回论诗也讲求“格高”，指诗作的审美意象的构想和艺术思想内容等方面要高古劲拔，同时也谈到情语和景语合二为一的观点。明清格调理论的主要来源应为严羽，明代是谈论格调最为兴盛的时期，李东阳有“识其时代格调”④之语，李梦阳也将“格古”“调逸”视为作诗“七难”中的两大要素，前后七子大肆颂扬汉唐格调更不必多言。

---

①　[清]朱庭珍：《筱园诗话》，《清诗话续编》，上海古籍出版社1983年版，第2402页。

②　[清]朱庭珍：《筱园诗话》，《清诗话续编》，上海古籍出版社版1983年版，第2364页。

③　张伯伟：《全唐五代诗格汇考》，凤凰出版社2002年版，第160页。

④　[明]李东阳：《麓堂诗话》，《历代诗话续编》，中华书局1983年版，第1371页。

以沈德潜为领军人物的清代格调论，是乾隆初期的诗学主流思潮。沈德潜(1673—1769)，字确士，号归愚，江苏长洲(今江苏苏州)人。沈德潜师从叶燮。叶燮强调衡量诗歌的优劣并无一成不变的标准，反对明代格调派以汉魏来评定古诗，套用盛唐来规定近体的狭隘主张，他认为变化创新是推动诗歌发展的动力。沈德潜却步入拟古形式主义与世俗教化主义，与叶燮走上了相背离的道路。

我们认为促成沈德潜力倡"格调"的因素有三：首先，宋代严羽、明代茶陵、前后七子等格调派思想对沈德潜有直接影响；其次，沈德潜生逢康乾盛世，隆盛的社会政治环境需要气格高华的诗歌，而高伟丰丽的盛唐诗风显然比幽清瘦劲的宋诗风貌更适于彰传盛世之音，而沈氏历来趣向唐诗，这就给了他恰巧适宜的时代气候，在帝王有意导向之下，沈德潜在乾隆一朝也因诗受宠显达；再次，清初诗坛黄宗羲、吕留良、钱谦益等对宋诗的推崇，以致流弊丛生，诗界对复古的诉求也是导致以"格调"论诗这一思潮产生的重要因素之一。

沈德潜论"格调"以格高调响为中枢，其观点散见于《说诗晬语》，其《古诗源》《唐诗别裁集》《明诗别裁集》《清诗别裁集》等诗选集的选诗标准也可见一斑，他标举的"格调"奉盛唐雄健气格为圭臬，有"取法盛唐，务臻高格"之论，在整体上排抑宋诗之卑弱体格，在选诗时特别不录男女言情之诗，他赞扬李梦阳、何景明等人使"诗道复归于正"，不满钱谦益对李攀龙、王世贞的贬责。沈德潜强调"学古"与"论法"，鼓吹温柔敦厚的中正平和之音与儒家传统诗教观，而与之适应的诗歌内容需要含蓄蕴藉，反复唱叹，忌直抒铺陈，而所倡诗风则向往一种雄浑健美，发于自然的审美品质，以李杜为正宗。同时他对体格声调也有严格规定，寄希望于通过对声调格律的规范，祈望诗乐合一，复归雅正，从而使诗歌能够"感格鬼神"，具备陶养情性的伦理教化功能。

而"性灵"则又代表了另一种诗学价值体系，也早在明代就有先声。公安派袁氏兄弟、江盈科、陶望龄等推尚"独抒性灵"，抨击前后七子所崇"文必秦汉，诗必盛唐"，"大历以后书勿读"的宗唐复古之风。公安三袁反对模拟,主张通变,强调表现自我,也与徐渭“性灵本自是”、李贽“绝假纯真,最初一念之本心”一气相通,但在“不拘格套”的理解上却矫枉过正,导致作品轻滑浮泛。而公安稍后的竟陵派虽同样也倡“性灵”,但与公安派不同的是,钟惺、谭元春等认为公安之“性灵”流于俚俗,导致风华扫地,遂创深幽孤峭之体,来表现其“幽情单绪”,却反而远离现实,迷失于冷僻独狭之境。清代性灵说一派活跃于乾隆中后期到嘉庆前期,在乾隆朝经济繁荣的社会背景下,在晚明反理学、反传统、追求个性解放的启蒙思想发扬下应势而生。

清代“性灵”一系并不是简单地对明代性灵派的归服,而是自成一家。清代性灵说以袁枚为中心。袁枚(1716—1798),字子才,号简斋,晚年自号仓山居士、随园主人、随园老人,钱塘(今浙江杭州)人。以赵翼、张问陶、孙原湘等为骨干,加以袁枚众多亲友弟子为性灵派主要诗人群体。值得一提的是,袁枚门下有不少女弟子,这在历代各诗家都不多见,可见其对传统礼教反拨之彻底。他们主要活动范围在江南一带,以表现恬适闲趣、风雅感怀为主要内容与意旨,激烈反对模拟宗古。有学者认为,其艺术特征表现在四个方面:在诗歌选材上,多取平凡琐细之事物;在诗作风尚上,喜呈风趣诙谐之情调;在语言运用上,常用口语化及白描手法;在意象营构上,善拟新奇灵动之感。而性灵说主张的核心理念,在于消解一切框架束缚,直露地表达人性人情的体验,张扬人本的个性感悟,把诗歌所关注的重心自外在的艺术目的或技巧手法迁移到内在的自我才性上来。袁枚认为情是诗之本,与清代其他派别诗人相比,他特别重视男女之情,简斋甚至直接说“情所最先,莫如男女”①,这与同时期大部分遵循儒家伦理道德观念的诗家大相径庭。

我们不难发现,同样是乾隆盛世繁荣的大环境,却成为两个截然相异诗歌体派共同的影响条件,应该说这是不矛盾的。从上层统治者的角度来看,需要有符合盛世气象的文学作为补益,所谓立德立功立言,统治者乐见

---

① ［清］袁枚:《小仓山房文集》,江苏古籍出版社1997年版,第285页。

诗坛"格调"昭圣颂世之相。而从文人自身的角度来看,也正是由于社会繁荣稳定,人对物质的欲求业已得到相对满足,需求层次必然提高,于是转而在更高的精神需求上同样要得到充实。同时,盛世之下人本主义的生发,促进了"性灵"诗人对自我的认知、对人性的肯定以及对理学法度的反叛,因而在文学作品中得到展现。如果说"格调"代表了上层统治者的审美指向,不管是乾隆本身的喜好还是有意对文风的引导,那么"性灵"则更多的具有平民意识与旨趣,散发出注重个体精神的时代气息。值得注意的是,乾隆前中期承康、雍二朝的昌鼎盛世将一系列社会矛盾暂时掩盖了,而到了乾隆后期嘉庆前期,经济社会的发展裹足不前,暗藏已久的矛盾重新浮现了出来,如若恋恋不舍往昔盛唐格调必然会遭到贬抑。而崇尚"性灵",一方面诗人对自我人性的肯定与解放有对时代的反思与历史的进步,另一方面专注于风物雅趣也未尝不是对渐见端倪的盛世衰落危机的某种回避。可以说,两者的消长也展现了诗史走向对社会政治发展的侧面反映。

"格调"与"性灵"自明代即有相互争论之实,清代更是如此,格调论与性灵说各自产生的环境与主要论点在前文已有论述,一方力主正流贵古,以教化为中心,一方寻求天性真情,以清雅为表征。实际上两家同源而异出,无论是格调论或是性灵说都肯定诗贵性情,但由此衍生出的观点差异却趋于两个极端。情固有殊分,黄宗羲就在《马雪航诗序》中说性情有"万古之性情"与"一时之性情"之别,前者乃"孔子删之以合乎兴、观、群、怨无邪之旨",后者为"吴歈越唱,怨女逐臣,触景感物,言乎其所不得不言"①,此两种恰恰吻合"格调"与"性灵"各自的审美体现。沈德潜认为诗歌表现出的"性情"是要表现及规范人与人之间以及人与社会之间的联系,借用现代文艺评论的观念,未尝不类似主体间性;而袁枚则认为"性情"源于自我的心灵体悟,人性、人情完全是主体化的纯粹感受,近乎一种文学主体性的认识。虽然这种类比可能不够完全妥帖,然而这也一定程度上从各自立

---

① [明]黄宗羲:《黄梨洲文集》,中华书局2009年版,第363~364页。

论中心指明了冲突所在。而在如何表诉性情的问题上,两家也必然产生矛盾,沈氏主张温柔敦厚,自然要求诉情须含蓄,与袁枚独抒真情、直写性灵的表现方式殊异。袁枚其实也不否认诗具有兴观群怨之用,却不屑于沈德潜对温柔敦厚之倡,他认为所谓温柔敦厚不过是兴观群怨之一端,没有必要苛求所有诗作尽皆必须符合温柔敦厚的规则,这样无异于自缚手脚,于诗无益,因此袁枚主张诗歌须不拘一格。

此外,沈德潜所推举雄美奇伟的盛唐气格,确实在艺术上有极高价值,给人以崇高的审美体验,然而他对唐代以后特别是盛唐之后的诗歌作品采取贬抑态度,不但与性灵说意见相左,而且沈氏以政治朝代人为划定诗史分野,其对诗歌发展产生的弊端不言而喻。在袁枚写给沈德潜《答沈大宗伯论诗书》《再与沈大宗伯书》两封书信中更可见随园对归愚的直接批评与反驳。二人在文论上观念相异,在日常交往中却关系匪浅,况且二人观点有时也互有肯定之处,并非水火不容,初露清代中叶以后诗坛唐宋兼容之先声。

因此,以诗歌发展走向来观照"格调"与"性灵"二说,诚然沈德潜贵古薄今无疑是走在诗学前进的对立道路上,不过全面看待"格调"的作用,也不可完全忽视沈德潜诗论架构的正面意义。袁枚强调"诗有工拙,而无古今",对诗作优劣与否以艺术上的工拙,而并非以朝代划分作为评判标准,亦确有其进步意义。而回到方东树的诗论上来,桐城派的思维使得其认定历史传统理应得到继承和延续,而袁枚反传统、反理学的激进诗学观念显然无法获得方氏的认同。刘世南在《清诗流派史》中断言:"凡是推崇桐城诗派的,必然鄙弃性灵派。"①故而面对"格调"与"性灵",方东树便更倾向于对"格调"保持好感。不过,经过乾隆朝诸诗论家的争辩之后,沈德潜的论诗观念的缺陷逐步凸显,方东树因而也在其诗论中对"格调"进行了修正改造。

① 刘世南:《清诗流派史》,人民文学出版社 2012 年版,第 352 页。

第二章　“古文文法通于诗”的唐诗体格论

桐城派以赓续韩、欧、程、朱以来的道统为己任，方东树借鉴桐城前人观点，将桐城文法与桐城诗论结合起来，以古文文法论析唐诗。他既继承桐城派之道统观念，又强调诗歌的章法布局，规范典故运用，务求诗歌言之有物，总结出一套相对完整的唐诗体格论。

古文之名，因韩愈倡导散文复古运动而来，曾国藩有云：“古文者，韩退之氏厌弃魏、晋、六朝骈俪之文，而返之于六经、两汉，从而名焉者也。”①而论古文文法，桐城派中不得不提到三祖之一的方苞。方苞（1668—1749），字凤九，一字灵皋，晚号望溪，创文章“义法”之说。“义”即言之有物，指文学作品的内容；“法”即言之有序，指文学作品的谋篇布局。他认为“以义为经，而法纬之”②，自然可以作出好文章，对后世影响颇深。方苞在遣词造句上提出为文需“雅洁”的观点，力求文学作品中的语言要尽可能凝练典雅，继承了前人古文文法，并将其理论化。

方苞“顾不为诗”，但桐城派有诗文相通的学术传统，早在戴名世即有“诗之为道，无异于文章之事也”③之言，体现出试图融汇诗文的文学倾向。至姚鼐之时，姚永朴《惜抱轩诗钞释序》云：“昔湘乡曾文正公尝言吾家惜

① 王水照：《历代文话》，复旦大学出版社 2007 年版，第 6861 页。

② ［清］方苞：《方苞集》，刘季高校点，上海古籍出版社 2008 年版，第 851 页。

③ ［清］戴名世：《戴名世集》，王树民编校，中华书局 1986 年版，第 30 页。

抱府君,能以古文义法通之于诗。”①这表明姚鼐融汇古文与诗歌,明确认可“古文文法通于诗”的学术主张。但桐城派将韩欧以来的文法与程朱道学相匹配,两者间的矛盾也导致了桐城派为文为诗的不足,在桐城派内部,方东树就曾评论方苞:“先生则袭于程朱道学已明之后,力求充其知而务周防焉,不放肆;故议论愈密,而措辞矜慎,文气转拘束,不能宏放也。”②不过方东树承继了望溪之说是不可否认的,日本学者三石善吉就有方东树是继续了以方苞为桐城派始祖谱系的论断。方东树以文法论唐诗,乃是继承桐城派戴名世、方苞、姚鼐等人之说,同时,间以创新,从古文文法角度对唐诗进行论析的理论体系。

我们还需要对以文论诗和以文为诗两者的关系进行一个大致的梳理。以古文文法论诗并不是桐城派为刻意求新而生造出的理论,而是的确符合文学规律的。方东树采纳戴名世、姚鼐之说,用古文的创作方法和原则融入对诗歌的理论批评中,而这种融合又必须建立在通盘把握诗歌规律这一基础上。以文论诗是桐城诗派诗歌批评体系的核心内容,以文论诗也较为明显地带有散文理论的独有色彩,这也正是桐城派的诗论不同于宋诗派之处,他们相较前人,彻底打破“诗文各有体”之陈规,从诗文相通的理论角度,采取以文法论诗法的方式,对唐宋以来诗歌的创作与成就进行了较为系统的探索研究。简而言之,秉诗文互通的思考,广泛吸收归纳古典诗学的思想精华,用桐城古文文法论述分析诗歌的章法,建构诗学批评新范式,这是以文论诗。

而另一个诗学范畴——以文为诗,是从诗歌创作来说,在唐代中后期时方为条理明晰地出现其体格特征。陈师道在《后山诗话》中明确提出韩愈“以文为诗”,是为首创。安史之乱而导致的社会动荡,将创作主体的忧患意识激发出来,当时的诗人们需要新的方式来表达复杂的思想感情,以

---

① [清]姚鼐:《惜抱轩诗集训纂》,姚永朴训纂,宋效永校点,黄山书社2001年版,第1页。

② [清]方东树:《考槃集文录》,《清代诗文集汇编》,上海古籍出版社2010年版,第198页。

往体制短小的四句、八句抒情诗已经满足不了诗人的需求，诗人将文法引入诗歌创作，采用议论、直叙的文章写作方法入诗，来表现当时家与国、现实与理想的矛盾冲突。而到宋代则更为明显，宋人相对于唐人变化最大之处，就是较多地使用了散文化、白描、议论等方法来进行诗歌创作。同时，不管是从世界文学史上来看，还是从中国文学史上来看，只有史诗、戏曲、小说等长篇叙事文学才能充分展现庞杂的时代社会风貌与思想内容。以文论诗与以文为诗应该甄别开来，有学者认为，以文论诗并不是以文为诗简单地在理论上的折射，此言得之。

第一节　贯穿道统的核心观念

清代帝王夙好儒学，但是清代又是儒家道统最为惨淡的时期。桐城派就出现在这样一个道统衰落的年代。桐城派诸家极力试图复兴道统，即使当时的政治土壤已经使得道统的复萌变得困难。桐城诸人所欲效慕的唐宋古文家大多兼具文人与士人双重身份，不仅在文学作品中推重与发扬道统观念，也在政治中各有作为，不同程度地将道统理念付诸践行，而桐城派显然已没有这样的政治基石，综观桐城一派，仅在晚清时曾国藩、黎庶昌等极少数人高居台阁、手握重权，其余绝大部分或侍讲修书，或沉沦宦海，或终生未仕，桐城诸人只得在文学创作批评与教习授课中宣扬道统观念。桐城派基本上沿袭了往哲在文学与道统关系上的观念。在他们看来，文学作品与儒家道统理念是相互依赖的关系，文章的价值主要体现在传道、载道的功能上，可是在道德教化的同时，也需要有陶冶审美的作用，两者不可偏废。方东树将桐城古文文法融入其唐诗论中，首先便立足于为诗应当有道统在其中贯穿的观点：

古人作诗各有其本领，心志所结，动辄及之不自觉，所谓雅言也。……杜公之系心君国，哀时悯人；韩公修业明道，语关世教，言言有物。太白胸中蓄理至多，逐事而发，无不有兴、观、群、怨之旨。是皆于三百篇、骚人未远也。①

方东树认为立言必关世教,其诗论坚守儒家道统的基本立场。他认为杜甫、韩愈等人能够“系心君国”,“修业明道,语关世教,言言有物”,连李白也富有“兴、观、群、怨之旨”的诗作,这样的诗作方是“道思本领”高深的诗歌。由这些言论可知方东树不啻为坚定的儒家伦理道德的支持者与捍卫者。

道统作为中国传统文化的一个重要范畴,历来被儒家文人所重视。孟子就认识到孔子上接尧舜汤武,而自己则继续了孔子的正统,自孔孟以来,道统的传承就被有强烈责任感的文人们认作自身所理应肩负的义务。道统的起源虽然久远,但道统的建构到唐代韩愈才明确提出,“自东汉以来,道丧文弊,异端并起,历唐贞观、开元之盛,辅以房、杜、姚、宋而不能救。独韩文公起布衣,谈笑而麾之,天下靡然从公,复归于正,盖三百年于此矣”。② 因此,方东树对韩愈十分推崇。

韩愈文起八代之衰,将文学创作批评理论与儒学复古主义思潮紧密结合起来,他运用儒家的道统来对抗佛老各宗派传法世系的宗教法统,其核心就是反对佛教、道教对与王权政治相适应的传统伦常的破坏。韩愈认为,要恢复并强化这种关系,就必须加强对儒家道统的确认和承传,他明确提出儒家有一个一以贯之的,且有异于佛老的“道”。他所说的儒者之道即指:“博爱之谓仁,行而宜之之谓义,由是而之焉之谓道,足乎己无待于外之谓德。仁与义为定名,道与德为虚位。”③概而论之,此仁义道德之“道”也就是指作为儒家思想核心的道统。古往今来,儒家对道统的传承有一个发展历程。韩愈也指出了这一正宗道统是“尧以是传之舜,舜以是传之禹,

① [清]方东树:《昭昧詹言》,汪绍楹校点,人民文学出版社 1961 年版,第 130 页。

② 陈伯海、张寅彭、黄刚:《唐诗论评类编》,上海古籍出版社 2015 年版,第 1198 页。

③ [清]姚鼐:《古文辞类纂》,胡士明、李祚唐标校,上海古籍出版社 2016 年版,第 7 页。

禹以是传之汤，汤以是传之文武周公，文武周公传之孔子，孔子传之孟轲。轲之死，不得其传焉。”①韩愈继而又说：“使其道由愈而粗传，虽灭死而万万无恨。”②后世都认同韩愈在事实上确实继承了儒家道统，韩愈自己也以文为诗，以文论志，在诗歌中采用散文的行文手法，运用创新的方法宣扬诗教。方东树说：“圣人说兴、观、群、怨……惟杜公、韩公诗足以当之。”③对杜甫、韩愈为代表继承道统的唐诗体格给予了很高的评价。

韩愈力倡“文以明道”，文章的写作目的绝非为文而文，而是要体现出儒学教化之道。何以体现？就需要在内容上有充实的表达，意即与社会现实有密切的关联，对时政有切实的反映，借古文复兴运动，明教化时政之实。韩愈以文为诗，另辟蹊径，同样其诗也要在创作中有道的继承，韩愈深谙经典。方东树直接就说“韩如六经”。而以韩愈为代表的元和诗人，并没有热衷于阐述儒家经典本旨，而是针对社会现状，将儒家道统思想加以实用化，摒弃了经学家皓首穷经却于时政无助的观念，使道统统摄于为维护王权而服务的核心理念之下。韩愈在其诗中也体现出儒家传统诗教观，如其《秋怀》十一首云：

窗前两好树，众叶光薿薿。秋风一拂披，策策鸣不已。微灯照空床，夜半偏入耳。愁忧无端来，感叹成坐起。天明视颜色，与故不相似。羲和驱日月，疾急不可恃。浮生虽多涂，趋死惟一轨。胡为浪自苦，得酒且欢喜。

白露下百草，萧兰共雕悴。青青四墙下，已复生满地。寒蝉暂寂寞，蟋蟀鸣自恣。运行无穷期，禀受气苦异。适时各得所，松柏不必贵。

---

① [清]姚鼐：《古文辞类纂》，胡士明、李祚唐标校，上海古籍出版社 2016 年版，第 9 页。

② [清]姚鼐：《古文辞类纂》，胡士明、李祚唐标校，上海古籍出版社 2016 年版，第 357 页。

③ [清]方东树：《昭昧詹言》，汪绍楹校点，人民文学出版社 1961 年版，第 210 页。

彼时何卒卒，我志何曼曼。犀首空好饮，廉颇尚能饭。学堂日无事，驱马适所愿。茫茫出门路，欲去聊自劝。归还阅书史，文字浩千万。陈迹竟谁寻，贱嗜非贵献。丈夫意有在，女子乃多怨。

秋气日恻恻，秋空日凌凌。上无枝上蜩，下无盘中蝇。岂不感时节，耳目去所憎。清晓卷书坐，南山见高棱。其下澄湫水，有蛟寒可罾。惜哉不得往，岂谓吾无能。

离离挂空悲，戚戚抱虚警。露泫秋树高，虫吊寒夜永。敛退就新懦，趋营悼前猛。归愚识夷涂，汲古得修绠。名浮犹有耻，味薄真自幸。庶几遗悔尤，即此是幽屏。

今晨不成起，端坐尽日景。虫鸣室幽幽，月吐窗冏冏。丧怀若迷方，浮念剧含梗。尘埃慵伺候，文字浪驰骋。尚须勉其顽，王事有朝请。

秋夜不可晨，秋日苦易暗。我无汲汲志，何以有此憾。寒鸡空在栖，缺月烦屡瞰。有琴具徽弦，再鼓听愈淡。古声久埋灭，无由见真滥。低心逐时趋，苦勉祇能暂。有如乘风船，一纵不可缆。不如觑文字，丹铅事点勘。岂必求赢余，所要石与甔。

卷卷落地叶，随风走前轩。鸣声若有意，颠倒相追奔。空堂黄昏暮，我坐默不言。童子自外至，吹灯当我前。问我我不应，馈我我不餐。退坐西壁下，读诗尽数编。作者非今士，相去时已千。其言有感触，使我复凄酸。顾谓汝童子，置书且安眠。丈夫属有念，事业无穷年。

霜风侵梧桐，众叶著树干。空阶一片下，琤若摧琅玕。谓是夜气灭，望舒霣其团。青冥无依倚，飞辙危难安。惊起出户视，倚楹久汍澜。忧愁费晷景，日月如跳丸。迷复不计远，为君驻尘鞍。

暮暗来客去，群嚣各收声。悠悠偃宵寂，亹亹抱秋明。世累忽进虑，外忧遂侵诚。强怀张不满，弱念缺已盈。诘屈避语阱，冥茫触心兵。败虞千金弃，得比寸草荣。知耻足为勇，晏然谁汝令。

鲜鲜霜中菊，既晚何用好。扬扬弄芳蝶，尔生还不早。运穷两值遇，婉娈死相保。西风蛰龙蛇，众木日凋槁。由来命分尔，泯灭岂足道。

方东树在评论此诗时说："此元和十年，公由员外郎降为国子博士时作，即作进学解之意也。有怨意，有敛退自策厉意，而直书目前，即事指点，惝恍迷离，似庄似讽。"①此时韩愈宦途不达，其思想情感趋于成熟稳健，不同于一般文士的感秋之作，而别有特殊的深刻思索。方东树也说韩愈"有怨意"，并未掩饰自己的不得意，心中确有不满不假，但其在儒家传统思想的观照下，能够理性地"敛退自策"，体现出"似庄似讽"的志士悲慨，寄意深曲，从而可证韩愈在诗作的意匠经营中践行"怨而不怒，哀而不伤"的儒家诗教道统。

在韩愈之前的杜甫，虽尚未提出道统的理念定义，但杜诗所呈现出的沉郁顿挫、内省外忧的诗歌氛围，已体现出博大的儒家仁爱精神和难得的家国忧患意识。方东树认为："杜公以六经、史、汉作用行之，空前后作者，古今一人而已。"②方东树论杜诗时多提杜甫之"志"，如赞扬杜甫，"志气以稷、契、周、孔为心，全与屈子同"。③ 这里的"志"便是道统的体现。稷、契是上古贤臣。稷为唐虞臣，后被尊为谷神，"禹思天下有溺者，由己溺之也。稷思天下有饥者，由己饥之也"（《孟子·离娄下》）；契曾协助夏禹治水。杜甫自己也曾在《自京赴奉先县咏怀五百字》一诗中有"许身一何愚，窃比稷与契"的名句，杜甫将稷契作为人生的方向，用毕生的文学创作践行这一人生目标。

方东树亦将杜甫比作屈原，认为杜甫之志与屈原忧国怀乡之心完全一致。方氏引朱熹对屈原诗文的评价说："尤愤懑而极哀悲，读之使人太息流

① ［清］方东树：《昭昧詹言》，汪绍楹校点，人民文学出版社 1961 年版，第 223 页。

② ［清］方东树：《昭昧詹言》，汪绍楹校点，人民文学出版社 1961 年版，第 211 页。

③ ［清］方东树：《昭昧詹言》，汪绍楹校点，人民文学出版社 1961 年版，第 217 页。

涕而不能已。”①杜甫同样如此，他上忧庙堂，下悯苍生，济民于涂炭，经世于诗咏，也正是儒家道统所推重的。如杜甫入潭州时所作《咏怀二首》，为杜公深感内外交困、家国存亡而作：

人生贵是男，丈夫重天机。未达善一身，得志行所为。嗟余竟轗轲，将老逢艰危。胡雏逼神器，逆节同所归。河雒化为血，公侯草间啼。西京复陷没，翠盖蒙尘飞。万姓悲赤子，两宫弃紫微。倏忽向二纪，奸雄多是非。本朝再树立，未及贞观时。日给在军储，上官督有司。高贤迫形势，岂暇相扶持。疲苶苟怀策，栖屑无所施。先王实罪己，愁痛正为兹。岁月不我与，蹉跎病于斯。夜看丰城气，回首蛟龙池。齿发已自料，意深陈苦词。

邦危坏法则，圣远益愁慕。飘飖桂水游，怅望苍梧暮。潜鱼不衔钩，走鹿无反顾。皦皦幽旷心，拳拳异平素。衣食相拘阂，朋知限流寓。风涛上春沙，千里侵江树。逆行少吉日，时节空复度。井灶任尘埃，舟航烦数具。牵缠加老病，琐细隘俗务。万古一死生，胡为足名数。多忧污桃源，拙计泥铜柱。未辞炎瘴毒，摆落跋涉惧。虎狼窥中原，焉得所历住。葛洪及许靖，避世常此路。贤愚诚等差，自爱各驰骛。羸瘠且如何，魄夺针灸屡。拥滞僮仆慵，稽留篙师怒。终当挂帆席，天意难告诉。南为祝融客，勉强亲杖屦。结托老人星，罗浮展衰步。

王嗣奭就评价杜甫说：“公之好诗，真与尼师之志学无异，其为‘诗圣’，非偶然也。”②从而认定杜甫接武孔子，将儒家道统贯穿于诗，故而为诗中圣人。方东树以为这两首诗是杜甫临近去世时所作：

---

① ［清］方东树：《昭昧詹言》，汪绍楹校点，人民文学出版社 1961 年版，第 216 页。

② ［明］王嗣奭：《杜臆》，上海古籍出版社 1983 年版，第 267 页。

此公将没时，迫以衰病，心志沉惋，语言陷滞，诚若不可人意。然苟求其志，则风调清深，豪气自在。虽次第无端由，要见一种感慨叹息之情，终非他人所及。盖公一生怀忠国济时之志，至是老而将死，决知不能行所为矣，故作此二诗。①

所谓道统，其实就是儒家伦理道德不断延续传承的精神内容。杜甫即使流离失所、衰病将死，也依然不改忠国济时的志向，自觉承继儒家道统，并将其融入诗作，所以在沉惋中见豪气。正因如此，后世论者才会从儒家道德层面倍加推崇。因而，在桐城诗论中，诗歌体格须有道统作为核心，常人体会不到道统之"志"，学诗也就学不到精髓，方氏有言：

世人徒慕(杜)公诗，无一求通(杜)公志，故不但不能及之，并求真知而解之亦罕见。②

实际上，唐人作诗，一直处于是否坚持道统的摇摆状态之中，是侧重经世致用，还是着眼于单纯审美，唐诗的体格也面临两者互相更替的局面，如大历时期，积极改革进取和沉湎诗美构成了中唐矛盾统一的时代精神。中唐以来，在元、白、韩、柳等诗家各以其长来"鸣国家之盛"时，另一部分诗人则沉浸于个人坎坷落寞的心境，经营着凄美寂寥的诗情，孟郊、贾岛、李贺莫不是如此。

应当说，清代统治者一方面鼓吹程朱理学为官方思想，一方面又限制文人参与政治，桐城派处在这样两难的社会政治环境下，难以实现儒家道统经世济国的精神理念。肩担道统，振兴古文是桐城派追求的目标，却又无法很好地付诸实践。虽然在嘉道时期逐渐对诗文载道的思想进行了反

① [清]方东树：《昭昧詹言》，汪绍楹校点，人民文学出版社1961年版，第216页。

② [清]方东树：《昭昧詹言》，汪绍楹校点，人民文学出版社1961年版，第125页。

思，但在方东树论唐诗的体格之时，道统仍然为一个要点，这也是和他深受程朱道学的浸染分不开的。同时，面对清代道统衰微的现实，对诗歌中道统的强调也是以方东树为代表的桐城诗派复兴儒家道统的自觉与实践。固然方东树在卫道论战中，不乏激烈言辞，然而值得注意的是，方东树所说诗歌的道统，并非要求其纯粹为政治服务，而是要求创作主体在诗歌中对社会、政治进行批判性审视，在诗歌中彰示出一种入世的忧患意识，这恰恰是儒家道统最为积极可取之处。

第二节 横截顿挫的章法布局

桐城派为文注重章法，以文论诗，则意味着将古文的创作方法与诗歌的创作手法统一起来。诗与文确实也有相通之处，金圣叹就认识到诗歌与散文异体而同法，“一样法者，起承转合也”①。当然是否所有的诗歌创作皆符合起承转合的结构，在诗史中来看并不尽然，但可以确定的是金圣叹的观点也能够说明诗与文存在一定的共同规律，文章的章法布局是可以融入诗歌创作以及诗歌批评中的。方东树同样认为诗与文类似，完全可以借用文章的章法，他在其诗论著作《昭昧詹言》引清人王文清《九溪诗话》中语称：

> 文章必以理胜。诗赋乃文之有韵者耳，亦文也。如六经义理之深微，诸史成败之炯戒，苟穷其旨，则议论纵横，滚滚不竭。②

方东树还在其诗论中明确反对严羽所讥斥文通于诗的观点，在其诗论著作《昭昧詹言》中着重论述了文法、章法、句法：

---

① ［清］金圣叹：《金圣叹全集·诗词曲卷上》，陆林辑校整理，凤凰出版社2016年版，第109页。

② ［清］方东树：《昭昧詹言》，汪绍楹校点，人民文学出版社1961年版，第502页。

凡学诗之法……五曰文法，以断为贵。逆摄突起，峥嵘飞动倒挽，不许一笔平顺挨接。入不言，出不辞，离合虚实，参差伸缩。六曰章法，章法有见于起处，有见于中间，有见于末收。或以二句顿上起下，或以二句横截。①

读古人诗文，当须赏其笔势健拔雄快处，文法高古浑迈处，词气抑扬顿挫处，转换用力处……运掉简省、笔力崭绝处，章法深妙、不可测识处。②

文法不过虚实顺逆，离合伸缩，而以奇正用之入神，至使鬼神莫测。③

无论是文法，还是章法，又或是句法，这都是方东树对唐诗章法布局的说法，然而细细体悟，相互间的意义依然存在差别。文法较为宏观，章法来源于具体的字法、句法，这是在诗文细针密线与纵横捭阖中形成的，也与方苞之“义法”有着明显的承继关系，但又有不同。在《昭昧詹言》中，方东树有这样一段话：

义法粗胚，今列其统例于左：如创意；造言；选字；章法；起法；转接；气脉；笔力截止；不经意助语闲字；倒截逆挽不测；豫吞；离合；伸缩；事外曲致；意象大小远近，皆令逼真；顿挫；交代；

① ［清］方东树：《昭昧詹言》，汪绍楹校点，人民文学出版社1961年版，第10～11页。

② ［清］方东树：《昭昧詹言》，汪绍楹校点，人民文学出版社1961年版，第23页。

③ ［清］方东树：《昭昧詹言》，汪绍楹校点，人民文学出版社1961年版，第214页。

参差。①

此为方东树所谓之“义法”，不过“章法”后的“起法；转接；气脉；笔力截止”“倒截逆挽不测；豫吞；离合；伸缩”“顿挫；交代；参差”应都在“章法”的范畴之内，均是指诗歌起承转合的布局结构。方苞所提之“义法”，乃是用作分析古文的专业术语，而方东树以“古文文法通于诗”，是在认定古文与诗歌有着共同规律的前提下来进行论述的。但“义法”论诗并非简单地将古文的创作方法和准则应用在诗歌上，而是需要对诗歌体格进行充分认识后，以之为根基进行理论建构。

方东树论唐诗章法，总体上讲求力戒平铺直叙，诗句须横截逆入，顿挫变化，认为“章法篇法，有顺逆开阖展拓，变化不测，着语必有往复逆势，故不平”。② 何为顿挫？“顿挫者，句断，不将两句合一意，使中相连，中无缺隙”。③ 除去避免合掌之弊以外，方氏意在既要求上下句所指差异，又须保持句与句之间合理的逻辑关系。

具体来看，方氏认为诗作布局大致上有破题、起叙、描写、议论、结句等体格要求。先看破题，指题目、缘由要用精练的语言交代明白，不可啰唆繁絮，亦不可说尽内容，“题面题绪，作旨归宿，必交代清楚，又忌太分明”④；然后起叙，“一叙也，而又逆叙、倒叙、补叙、插叙，必不肯用顺用正”⑤，依然是横截顿挫的具体化要求，“诗文以起为最难，妙处全在此。必要破空而

① [清]方东树：《昭昧詹言》，汪绍楹校点，人民文学出版社1961年版，第213页。

② [清]方东树：《昭昧詹言》，汪绍楹校点，人民文学出版社1961年版，第238页。

③ [清]方东树：《昭昧詹言》，汪绍楹校点，人民文学出版社1961年版，第410页。

④ [清]方东树：《昭昧詹言》，汪绍楹校点，人民文学出版社1961年版，第27页。

⑤ [清]方东树：《昭昧詹言》，汪绍楹校点，人民文学出版社1961年版，第233页。

来，不自人间，令读者不测其所开塞方妙”①，讲求开篇就要令读者眼前一亮，有惊为方外之物的感受，方可为妙；而后描写，“一写也，或夹于议中，或夹于叙中，或用于起尤妙，或随手触处生姿”②，描写不必局限在一处，叙、写、议不同手法相互交错，造就顺逆开阖之感；再而议论，“一议也，或夹叙夹议，或用于起最妙，或用于后，或用于中腹”③，议论同样有变化之笔，方东树尤其认为诗中如若议论不当就容易近迂腐、近絮叨、近学究气，需学诗者着意；最后结语收束，“凡结句都要不从人间来，乃为匪夷所思，奇险不测”④，再间以衬托，或可加以虚字，而虚字的运用也需注意，“选字避纯熟，固矣。而于不经意语助虚字，尤宜措意，必使坚重稳老，不同便文，随意带使”⑤。以上列出了方东树的诸种章法布局要求，显而易见的是，他在体格上并非主张严守固定的布局顺序一成不变，呆滞不变仍是死句，须在深刻领悟的前提下灵活使用，使诗作章法清晰，又能摇曳生姿。

论及唐人古体诗，我们结合具体作品进行分析，如杜甫《天育骠骑歌》：

吾闻天子之马走千里，今之画图无乃是。是何意态雄且杰，骏尾萧梢朔风起。毛为绿缥两耳黄，眼有紫焰双瞳方。矫矫龙性合变化，卓立天骨森开张。伊昔太仆张景顺，监牧攻驹阅清峻。遂令大奴守天育，别养骥子怜神俊。当时四十万匹马，张公叹其材尽下。故独写真传世人，见之座右久更新。年多物化空形影，

① ［清］方东树：《昭昧詹言》，汪绍楹校点，人民文学出版社 1961 年版，第 240 页。

② ［清］方东树：《昭昧詹言》，汪绍楹校点，人民文学出版社 1961 年版，第 233 页。

③ ［清］方东树：《昭昧詹言》，汪绍楹校点，人民文学出版社 1961 年版，第 233 页。

④ ［清］方东树：《昭昧詹言》，汪绍楹校点，人民文学出版社 1961 年版，第 239 页。

⑤ ［清］方东树：《昭昧詹言》，汪绍楹校点，人民文学出版社 1961 年版，第 222 页。

呜呼健步无由骋。如今岂无騕褭与骅骝，时无王良伯乐死即休。

方东树详细地逐句进行分析评点：

起二句，故意曲入，以避平叙，突起奇纵。……“是何”六句先写。“伊昔”八句始实叙。而“当时”四句，提笔跌宕，以补叙为棱汁，即借此逆入。“年多”二句转入议。“如今”二句入议……以真为画，以画为真……交互言之，令人迷离莫辨。此亦是衬起曲入，以避直叙平叙。“是何”以下接写。“伊昔”以下叙题。又将真马一衬，作势拍题感叹，以真马与人作收。①

假以自己听闻之事曲入诗题，然后连续六句描写骏马的形态神情，写后再叙，又借马喻人，议论感叹时无伯乐。全诗结构完整，同时也富于变化，顿挫起伏。杜甫作诗布局严谨，而李白狂放恣肆，方东树称赞其如天外飞仙，也以章法论之，方氏有言：

太白飞仙，不可妄学，易使流于狂狙熟滥，放失规矩，乃归于太白，太白不受也；须善学之。此选皆取其绳尺井然者，俾令后学知太白实未尝不有法度。②

读太白者，先详其训诂，次晓其典故，次寻其命意脉络及归宿处，而其妙全在文法高妙。大约古人不可及，只是文法高妙，令人迷离莫测。③

① ［清］方东树：《昭昧詹言》，汪绍楹校点，人民文学出版社 1961 年版，第 256 页。

② ［清］方东树：《昭昧詹言》，汪绍楹校点，人民文学出版社 1961 年版，第 248 页。

③ ［清］方东树：《昭昧詹言》，汪绍楹校点，人民文学出版社 1961 年版，第 249 页。

如李白《夜泊黄山闻殷十四吴吟》：

> 昨夜谁为吴会吟，风生万壑振空林。龙惊不敢水中卧，猿啸时闻岩下音。我宿黄山碧溪月，听之却罢松间琴。朝来果是沧洲逸，酤酒醍盘饭霜栗。半酣更发江海声，客愁顿向杯中失。

方东树评价说：

> 起句叙。二句写。三四顺平。“我宿”句接续叙。“听之”句衬。“朝来”句又提。佳在下半笔力截翦。收二句倒绕……两半章法……前层正叙，叙毕乃再推论，此与七律同，千年以来，不解此矣。此诗律最深处。①

从起叙到续叙，从衬句到倒绕，从正叙到推论，层外有层，层与层之间又各有文气起伏的法度，这就是在诗学章法上讲究横截顿挫的例证。

唐诗之所以在中国诗歌史上开一代盛世，是因为其作诗法度较之以往朝代为一大进步，初唐时虽然由六朝而来的柔靡诗风尚有影响，但唐诗的章法与布局已经基本完备，方东树也认为“初唐章法句法皆备”②。沈、宋之后，近体律诗的体制逐渐定型下来，同时古体诗也焕发出新的活力。综而观之，不论是古体诗还是近体诗，在诗歌创作的布局章法上，唐代诗家都展现出极其精妙的创新能力。方东树在谈到唐人律诗时说道：

> 七律之妙，在讲章法与句法。句法不成就，则随手砌凑，软弱平缓，神不旺，气不壮，无雄奇杰特。章法不成就，则率慢复乱，无

---

① [清]方东树：《昭昧詹言》，汪绍楹校点，人民文学出版社1961年版，第252页。

② [清]方东树：《昭昧詹言》，汪绍楹校点，人民文学出版社1961年版，第376页。

先后起结、衔承次第、浅深开合、细大远近虚实之分，令人对之昏昧，不得爽豁。故句法则须如铸成，一字不可移易，又须有奇警华妙典贵，声响律切高亮。章法则须一气呵成，开合动荡，首尾一线贯注。①

而在具体篇目中，方东树很好地通过诗歌个案进行分析，来阐发他所提倡的章法上须横截顿挫的唐诗体格观念。如李颀的《寄綦毋三》：

新加大邑绶仍黄，近与单车去洛阳。顾眄一过丞相府，风流三接令公香。南川粳稻花侵县，西岭云霞色满堂。共道进贤蒙上赏，看君几岁作台郎。

方东树的评论尤为精切：

此诗姚先生解最详，而曰："往复顿挫，章法殊妙，当思其语，乃有得。"起二句叙事，已顿挫入妙。三四复绕回首句，更加顿挫。第四句含蓄不说出，更妙。五六大断离开，遥接第二句。七八又从题后绕出。②

方东树引乃师姚鼐语，直接指出诗歌章法高妙在于布局须“往复顿挫”，在接下来的具体分析里又详细地解释，并将八句诗逐句进行分析。前文也提到，方东树喜诗中有断，句断而意不断。断即为横截之意，本首七律通篇皆顿挫横截。于是方氏总结“大约有往必收，无垂不缩，句句接，句句

① [清]方东树：《昭昧詹言》，汪绍楹校点，人民文学出版社 1961 年版，第 375 页。

② [清]方东树：《昭昧詹言》，汪绍楹校点，人民文学出版社 1961 年版，第 391 页。

断，一气旋转，而仍千回百折，所以谓之往复顿挫也。此为正宗”。①

因此，注重横截顿挫的章法布局是方东树“古文文法通于诗”的唐诗体格论中一个精要的观点。如杜甫有《因许八奉寄江宁旻上人》：

> 不见旻公三十年，封书寄与泪潺湲。旧来好事今能否，老去新诗谁与传。棋局动随寻涧竹，袈裟忆上泛湖船。闻君话我为官在，头白昏昏只醉眠。

方东树评此诗说：“大约诗章法，全在句句断，笔笔断，而真意贯注，一气曲折顿挫，乃无直率、死句、合掌之病。”②而在具体诗作中，优秀的诗篇也的确在章法上有迹可循，层次结构上起伏跌宕，开合有度，从实例印证了方东树的论点。不过，法无定法，早在方苞也就表示过“法随义变”，方东树自己也坦言“文无定准”，真正的诗家绝不会生搬种种章法布局来进行诗歌创作，否则反而束缚了思想，将活体局囿于死章法，绝不是方氏所想见的。

第三节　立诚有物的意蕴内涵

方苞在“义法”说中继承戴名世“惟立诚故有物”之说，指出“义”即为“言有物”，言之有物也是文学作品所必须遵循的基本规律，诗文言之无物，则几无意味。方苞在《书删定〈荀子〉后》有“吾观周末诸子，虽学有醇驳，而言皆有物，汉唐以降，无若其义蕴之充实者”③的说法，他认为周代末年的学者的文章学说，具有丰富的意蕴内涵，也就明确了文学作品需要言

① ［清］方东树：《昭昧詹言》，汪绍楹校点，人民文学出版社 1961 年版，第 391 页。

② ［清］方东树：《昭昧詹言》，汪绍楹校点，人民文学出版社 1961 年版，第 412 页。

③ ［清］方苞：《方望溪全集》，中国书店出版社 1991 年版，第 18 页。

之有物。而方苞所谓之“言有物”,指在文章中,当要把程朱诸子所解说的圣人之道融汇进来,并用创作主体自己的话表达出来,将圣人之道与自己的思想相结合。

方东树继而在其唐诗论中也借用“言有物”这一论点,将方苞阐论为文之法的观点化用在自己以文论诗的理论中,并在原有基础上有所创新,他说:

诗以言志。如无志可言,强学他人说话,开口即脱节。此谓言之无物,不立诚。若又不解文法变化精神措注之妙,非不达意,即成语录腐谈。……可见最要是一诚,不诚无物。①

在方东树这里,“有物”的意蕴内涵有双重含义。从客观角度来看,诗歌理应有真实充分的内容表达,自六朝入唐以来,一直到晚唐,唐诗的创作者们在作品内容上有着自觉的要求,并且以实事入诗,而不可空谈性理,这也是方东树对宋明理学末流沉湎于心性空谈的矫正。从主观角度来看,创作主体的先天之才与后天之学交融而产生的内在精神品质,对诗歌的意蕴起到至关重要的作用,而才学品格由创作主体转移到具体文学作品上,就是要达到“立诚”的目标,方可做到“言有物”。早在《易传·文言》中就有“修辞立其诚”的说法,方氏也意识到,“立诚”不光是讲究作诗不可勉强模拟他人,更需要在诗作中体现出作者真诚中正的志气性情,体现自家言语,否则便出现“客气虚假”之语。方东树以杜诗为例说道:

诚身修辞,非有二道。试观杜公,凡赠寄之作,无不情真意挚,至今读之,尤为感动。无他,诚焉耳。彼以料语妆点敷衍门

① [清]方东树:《昭昧詹言》,汪绍楹校点,人民文学出版社1961年版,第2~3页。

面，何曾动题秋毫之末。①

沈德潜也认为学习李杜之诗重在正心诚意，展现独特的性情面目："性情面目，人人各具。读太白诗，如见其脱屣千乘。读少陵诗，如见其忧国伤时……倪词可馈贫，工同鞶悦，而性情面目，隐而不见，何以使尚友古人者，读其书想见其为人乎？"②方东树并没有像方苞那样激进地强调要在文学作品中必须融入程朱之学，他虽然不可避免地接受程朱之理，但是他在这里更强调的是诗人之诚、诗作之真，而非以道理入诗，这反而是方氏所排斥的。

如何在诗中做到"立诚有物"，就是接下来要解决的问题。方东树认为，首先，诗人为人为学都应当立诚，不可作伪自满：

修辞立诚，未有无本而能立言者。且学无止境，道无终极。凡居身居学，才有一毫伪意，即不实。才有一毫盈满意，便止而不长进。③

潜心读书，以此为本，在诗歌中逐步表现出自己不同于他人的独特风格，所以"杜、韩读万卷书，其志气以稷、契、周、孔为心，又于古人诗文变态万方，无不融会于胸中"④，久而久之不用刻意表现，诚心正意在诗歌中就会流露出来，达到自然之境。

金圣叹曾说："作诗须说其心中之所诚然者，须说其心中之所同然者。

① ［清］方东树：《昭昧詹言》，汪绍楹校点，人民文学出版社1961年版，第3页。

② ［清］沈德潜：《说诗晬语》，《清诗话》，上海古籍出版社1978年版，第557页。

③ ［清］方东树：《昭昧詹言》，汪绍楹校点，人民文学出版社1961年版，第3页。

④ ［清］方东树：《昭昧詹言》，汪绍楹校点，人民文学出版社1961年版，第212页。

说心中之所诚然,故能应笔滴泪,说心中之所同然,故能使读我诗者应声滴泪也。”①心诚则情切,情切则诗真,与金圣叹所说相似,方东树在其唐诗论中也说:“东川缠绵情韵,自然深至,然往往有痕。所谓无意为文而意已至,阔远而绝无弩拔之迹,右丞其至矣乎!”②他认为王维较之李颀更高一筹,就是在于其诗意自然,而内心情感的自然流露便源自诚心,从而使得诗歌的情志意蕴表达得自然到位,无人工痕迹可求,毫无造作矫揉之语。

其次,要有言之有物的意蕴内涵,创作主体的胸襟气局更需高远,在诗作上来说也就是要立意高远,方东树说:

> 大约胸襟高,立志高,见地高,则命意自高。讲论精,功力深,则自能崇格。读书多,取材富,则能隶事。闻见广,阅历深,则能缔情。要之尤贵于立诚。立诚则语真,自无客气浮情、肤词长语、寡情不归之病。③

由此可见,在方东树看来,诗人的秉性对诗歌作品的“立诚”也有十分深远的裨助意义。所谓言由心生,诗歌的体格与创作主体的人格应该是一以贯之的,韩愈在《答李翊书》里就有“仁义之人,其言蔼如也”之语,这表示唐人已对人品与文品的关系有了较为清晰的认识。只有“立诚”,诗歌在情感上就不会流于平庸虚假,措词上也不会落于浅薄轻浮,诗作才能脱俗,达到较高的境界。因此,综观上述观点,方东树将先天的才情秉性与后天的学识积淀结合起来,两者共同作用,方可做到诗作“立诚有物”。

再次,诗歌语言须去除陈言,下语惊人。上溯至唐代,韩愈就已对于文章写作提出言之有物、务去陈言的观点。方东树对此也甚为认同,他以文

---

① ［清］金圣叹:《金圣叹全集·诗词曲卷上》,陆林辑校整理,凤凰出版社2016年版,第109页。

② ［清］方东树:《昭昧詹言》,汪绍楹校点,人民文学出版社1961年版,第243页。

③ ［清］方东树:《昭昧詹言》,汪绍楹校点,人民文学出版社1961年版,第381页。

法论诗时就说："……参活语；不使滞笔重笔；一气浑转中留顿挫之势；下语必惊人；务去陈言；力开生面；此数语，通于古文作字。"①在具体诗作评价中，如沈佺期《古意》：

卢家少妇郁金堂，海燕双栖玳瑁梁。九月寒砧催木叶，十年征戍忆辽阳。白狼河北音书断，丹凤城南秋夜长。谁谓含愁独不见，更教明月照流黄。

方东树对此诗激赏有加，将唐人与明人相互对比，评价道：

以"郁金堂""玳瑁梁"等字攒成异彩，五色并驰，令人目眩，此得齐、梁之秘而加神妙者。三四句不过叙流年时景，而措语沉着重稳……曲折流转，如弹丸脱手。远包齐、梁，高振唐音。崔颢、太白所不能为，何况其余！庶几右丞《出塞》，足以近之。持较杨慎《关山月》，则一起一收，说尽无味；中四句太多太滞，肥笨不能通灵。……可见明人之诗不如唐人远甚。②

初唐诗风大多依然推尚齐梁遗音，六朝文风流于绮靡，早已故步自封，沈佺期虽然生活于当时，不免受到影响，却能在齐梁诗风之外独造异彩新声，在初盛唐诗风转换之间彰显价值，无怪乎高棅《唐诗品汇序》称赞云："沈宋之新声，苏张之大手笔，此初唐之渐盛也。"③这就是唐诗陈言务去、求新求变的值得称道之处。方东树这里评议沈佺期的观点，虽然主要源自姚鼐，姚氏说"初唐诸君，正以能变六朝为佳。至'卢家少妇'一章，高振唐

① ［清］方东树：《昭昧詹言》，汪绍楹校点，人民文学出版社1961年版，第214页。

② ［清］方东树：《昭昧詹言》，汪绍楹校点，人民文学出版社1961年版，第383页。

③ ［明］薛熙：《明文在》，《万有文库》，商务印书馆1936年版，第386页。

音,远包古韵,此是神到之作,当取冠一朝矣”①,但是又有新见,方氏将杨慎同样的边塞题材诗作《关山月》作以对比,以杨诗语言的“太多太滞”“肥笨”来反衬沈诗语言上革除六朝旧风的新变之义,从而表明唐诗不使滞笔重笔,务去陈言,别开生面的重要性。

当然由于方东树深谙程朱之学,在其唐诗论中,所谓“有物”也不可避免地会显现宋学的影响。如方东树在论王维时认为:“辋川于诗,亦称一祖。……高华精警,极声色之宗,而不落人间声色,所以可贵。”②他先肯定了王维的诗歌史地位,认为在唐诗史上可称为一祖,并将其与杜甫相较,认为犹如维摩与如来之比。但接下来他话锋一转,“然愚乃不喜之”,原因在于王维的诗作虽然别有一派,在于兴象高妙,元气浑然,但是“终非实物”,于世事无用,没有反映社会现实:

> 然愚乃不喜之,以其无血气无性情也。譬如绛阙仙官,非不尊贵,而于世无益;又如画工,图写逼肖,终非实物,何以用之?称诗而无当于兴、观、群、怨,失风骚之旨,远圣人之教,亦何取乎?③

这也从另一个侧面说明了杜、韩二公受方东树推崇的原因,因此,方东树所谓言之有物,在一定程度上说也是建立在其对程朱道学的思想继承的基调之上的,而“有物”也意味着力求诗歌要真实映射社会,对政治教化要有启迪帮助的功用。对诗歌的意蕴内涵要求“立诚有物”也是对诗歌经世理论的体现。“立诚”的意义即作诗要发出心灵的声音,实际上就是充分表现心灵探索的深度,构建灵魂的高度,书写出时代生活的复杂性和可能性。

---

① 陈伯海、张寅彭、黄刚:《唐诗论评类编》,上海古籍出版社2015年版,第221页。

② [清]方东树:《昭昧詹言》,汪绍楹校点,人民文学出版社1961年版,第387页。

③ [清]方东树:《昭昧詹言》,汪绍楹校点,人民文学出版社1961年版,第387页。

第四节　隶事典故的准确运用

唐人作诗，善用典故，在方东树的体格论中，典故的准确运用也是其论述的要点，他赞扬唐代“初、盛诸公及杜公，隶事用字，无一不典不确，细按无不精巧稳妙，所以衣被千古”①。方东树的诗论里多用“隶事”。所谓“隶事”，指以故事相隶属，即在诗文里引用典故。“隶事”一词原指南朝文人聚会时，分门别类地列举出与某事某物相关的古籍中的典故史实以竞赛的一种游戏活动。早在《南史・王谌传》中就有“谌从叔摛，以博学见知。尚书令王俭尝集才学之士，总校虚实，类物隶之，谓之隶事，自此始也”②的记载，而六朝骈文便以多引用隶事典故来显示其高雅典奥的文学内涵，并且创出多种用典方式，如明用、化用、暗用、反用等，在文章之中灵活运用各种方式，不过后期过度用事以至泛滥而“文章殆同书钞”③为其弊端。可以看出，初始之时的“隶事”实际上是在应用于文章之中而受到发扬的，而后在诗歌中引用典故却也别有一番意趣。不过，隶事典故并非简单地从前人那里拿来，单单列在诗中即可，而是需求创作主体针对具体诗作、具体语境来遴选运用，此非一日之功，未有长期修习不可。方东树重视用事之别，合理准确地运用典故，能够使诗作意蕴盎然，诗境升拔，而不恰当的运用反而会引来欣赏评论者的不适，对诗歌给人的整体感受产生不良影响。

要做到隶事运用的准确，首先还是要多学多读，做到胸中自有书卷千万。方东树认为：“能多读书，隶事有所迎拒，方能去陈出新入妙。否则，虽亦典切，而拘拘本事，无意外之奇，望而知为中不足而求助于外，非熟则僻，多不当行。”④没有广博的知识储备，是绝不能准确运用典故的，读书丰富，

---

① ［清］方东树：《昭昧詹言》，汪绍楹校点，人民文学出版社 1961 年版，第 381 页。

② ［唐］李延寿：《南史》，中华书局 1975 年版，第 1213 页。

③ ［梁］钟嵘：《诗品译注》，周振甫译注，中华书局 1998 年版，第 24 页。

④ ［清］方东树：《昭昧詹言》，汪绍楹校点，人民文学出版社 1961 年版，第 18 页。

作诗时各种典故信手拈来，不会显得唐突造作。“李、杜、韩、苏所读之书，博赡精熟，故其使事取字密切赡给，如数家珍。”①这里提到的多读书，不仅要学习前贤所用典故，更要学习用典之法，博观而去陈，在诗作中破旧出新，用典如天造神工，毫无人工痕迹，这正是名家高明之处：“大家用事，若不知其用事者，此其妙也。用事全见瘢痕，视不典而不足于用者虽贤，去大家境界远矣。”②否则在欣赏者看来，诗歌无意外奇趣，一看便知引用典故乃是诗作本身意味不够，而不得不求于前人早已烂熟或者刻意求取生僻的典故，这时典故非但不能对诗意有所帮助，反而显得累赘。

其次，隶事典故的运用要留意不可僵死误用。一则诗中用典与诗作的用意不可同出一处：“用事忌出一处一书，如既本昔人陈意，事词又出一处，此最不可。”③这也强调了用典需有新意，不可大而化之。二则典故大意似合意旨便拿来拼凑一番，亦是僵化。方东树在其诗论中曾举例说明，明人何景明在武昌听闻边关急报，感遂作诗，结尾有“请缨谁为击楼兰”一句，实际上，“击楼兰”典出贾谊请击单于颈，“请缨”典出终军请长缨以缚南越王，与楼兰毫无瓜葛，并且放在诗作环境中考察，当时边关急报也非与西域交战。后世学诗之人对隶事典故的运用不加细致分析，捡来就用，方东树也不禁感慨：“可见后世诗人，无非浪莽粗才，其隶事似是而非，皆若此耳。是乌得当作家著录。”④三则诗人在用事之时，还存在“趁笔快意而误用”的情况，即便是诗坛大家名宿也不免出现误用，作诗时一气呵成，却为求平仄押韵将典故的字词颠倒，造成句法不通，方东树认为这也是不可取的。

最后，隶事典故要做到准确运用，还应注意不可滥用藻饰。方东树欣

---

① ［清］方东树：《昭昧詹言》，汪绍楹校点，人民文学出版社 1961 年版，第 46 页。

② ［清］方东树：《昭昧詹言》，汪绍楹校点，人民文学出版社 1961 年版，第 238 页。

③ ［清］方东树：《昭昧詹言》，汪绍楹校点，人民文学出版社 1961 年版，第 21 页。

④ ［清］方东树：《昭昧詹言》，汪绍楹校点，人民文学出版社 1961 年版，第 382 页。

赏皎然对“用事”的解释，他认为：“皎然《诗式》似堕伧陋，惟‘用事’‘取境’二条精湛。”①皎然云：“诗人皆以征古为用事，不必尽然也。”②皎然其实不太赞同诗中用事，他认为诗中无事可为第一高格，用事便落为第二、三、四格，但平心而论，用事的技巧又确实能提高诗歌的内蕴，而折中言之，其关键就在于不可滥用隶事。李商隐向来被视作在中晚唐诗坛上别立一派，以擅用典故著称，方东树在《昭昧詹言》里单列李商隐一卷，他一方面赞赏李商隐：“玉溪七律，前人谓能嗣响杜公，则诚未可轻视。愚谓七律除杜公、辋川两正宗外，大历十子、刘文房及白傅亦足称宗，尚皆不及义山。义山别为一派，不可不精择明辨。”③李商隐的诗作几乎首首都有典故隶事，不少诗作用事精切，如《九成宫》：

十二层城阆苑西，平时避暑拂虹霓。云随夏后双龙尾，风逐周王八骏蹄。吴岳晓光连翠巘，甘泉晚景上丹梯。荔枝卢橘沾恩幸，鸾鹊天书湿紫泥。

方东树对此诗十分欣赏：“叙述华妙，用事精深。五六写景，收即物取象，妙极。”④但是，另一方面，隶事过多也是方东树所认为李商隐在体格上的不足：“树谓所嫌于义山者，政病其藻饰。”⑤试举二例，如李商隐《郑州献从叔舍人褎》：

---

① [清]方东树：《昭昧詹言》，汪绍楹校点，人民文学出版社1961年版，第470页。

② [唐]皎然：《诗式校注》，李壮鹰校注，人民文学出版社2003年版，第31页。

③ [清]方东树：《昭昧詹言》，汪绍楹校点，人民文学出版社1961年版，第433页。

④ [清]方东树：《昭昧詹言》，汪绍楹校点，人民文学出版社1961年版，第438页。

⑤ [清]方东树：《昭昧詹言》，汪绍楹校点，人民文学出版社1961年版，第433页。

蓬岛烟霞阆苑钟,三官笺奏附金龙。茅君奕世仙曹贵,许掾全家道气浓。绛简尚参黄纸案,丹炉犹用紫泥封。不知他日华阳洞,许上经楼第几重。

方东树解诗道:

大约李褒好道,起即“烟霞”与“钟鼎”,远以称之。“金龙”虽用道家,仍切舍人主撰文笺奏。……五六用“黄纸”“紫泥”与此同,皆双关也。收用陶华阳三层楼,自言来访也。此诗亦无胜可选,但有秀句而已。三官主考谪,岂比刺史耶?用事似精切,而不免东餐西宿,开俗诗涂饰之派。①

又如《九日》诗云:

曾共山翁把酒时,霜天白菊绕阶墀。十年泉下无人问,九日樽前有所思。不学汉臣栽苜蓿,空教楚客咏江蓠。郎君官贵施行马,东阁无因再得窥。

方东树先褒后贬:“此感旧作也,流美圆转之作。义山贪用事多,不忍割,如此‘苜蓿’,何所指也?”②从对李商隐诗作的具体分析可以看出,方东树认为不可过度使用典故隶事,否则反而削弱诗意,使得诗作难以形成一个整体,徒有秀句而无全篇。因此方东树说:“诗之用事不可牵强,必至不得不用而后用之,则事词为一,莫见安排斗凑之迹。”③诗中用典,不可堆

① [清]方东树:《昭昧詹言》,汪绍楹校点,人民文学出版社 1961 年版,第 440 页。

② [清]方东树:《昭昧詹言》,汪绍楹校点,人民文学出版社 1961 年版,第 442 页。

③ [清]方东树:《昭昧詹言》,汪绍楹校点,人民文学出版社 1961 年版,第 526 页。

砌,须是不得不运用之处方可用之,而且要讲求自然妥帖。

清代诗家喜尚典故,早在清初顾炎武等人即有显现,而后翁方纲、厉鹗等人更是主张以学问为诗料,而方东树所强调“用事不可牵强”,隶事不得过度的论点就对本好用典的清代诗界起到了反拨的作用。同时,这也一定程度上体现出方氏对清代汉学家的不满,他曾借评典故用事批评“今世考证家卖弄学问”①。总之,诗无隶事则少趣,但如何准确运用隶事典故则是方东树在其体格论中讲求的又一个重要方面。

以上从儒家道统的注重,章法布局的横截顿挫,意蕴内涵强调立诚有物以及隶事典故需运用准确等四个方面来对方东树的唐诗体格论进行了论述。方东树认为诗歌“通于古文作字”,我们不难看出,方氏诗论虽不免受桐城文派思想濡染,为印证自己的观点也可能出现削足适履的情况,但其“古文文法通于诗”的唐诗体格论亦具有鲜明的个人特色,并在原有桐城派以文论诗的基石之上融汇众家,从结构章法上掌握了诗歌特质,这对后世诗歌创作及诗歌理论的发展自当皆有启迪。

---

① [清]方东树:《昭昧詹言》,汪绍楹校点,人民文学出版社 1961 年版,第 368 页。

第三章　“别有能事”的唐诗审美论

如果说，方东树的唐诗体格论是建立在承袭儒家传统的基础上，尚存桐城义法旧论，那么，作为具有精妙美学旨趣的唐诗审美论则具有新的意味，较之体格论更应当受到关注。自唐诗问世以来，唐人自身以及后世的研究者们无不对其天风海雨般的审美价值迷恋神往，唐诗审美理论建设也延续了近千年。

中国诗歌演进到唐代之后，唐人便自觉地对诗歌的审美性展开了积极的探索与追问，终唐一朝，未曾间断。陈子昂追求“兴寄”“风骨”，强调诗歌要有社会内容，也是对诗歌整体审美形象重视的表现。殷璠提出了极为关键的诗歌审美概念——“兴象”。“兴象”这一审美范畴强调诗歌的审美意象能够构建出一种耐人寻味、意蕴丰沛的诗境。皎然论诗境高逸，已有将诗禅合一的思想，这一点即皎然诗论中最有价值的诗歌美学思想。对唐诗的审美论析，到宋代严羽之时尤为深入，严羽参禅入诗，并重视兴趣，以妙悟言诗，提出著名的“以盛唐为法”的论点。方东树的《昭昧詹言》也多引用诸家诗话，对前人的诗歌审美理论进行了梳理阐述。

桐城一派强调义理、道统，这就导致了诗歌中理性因素的大幅增加，必然会削弱含蓄蕴藉的审美感受。面对这一局面，方东树认为：“故知诗文虽贵本领义理，而其工妙，又别有能事在。”①所以，方东树立足于桐城派，吸

① ［清］方东树：《昭昧詹言》，汪绍楹校点，人民文学出版社 1961 年版，第 10 页。

收了桐城诸家诗歌理论的优秀成分，却又能够在其诗论中摒弃桐城义法极端化的弊端，在融汇往贤的唐诗评点理论之后，从诗歌的妙、力、气三个层面建构阐发出“别有能事”的唐诗审美论。

第一节　兴悟棱汁的诗之妙

在中国古典文学批评理论中，经常用“妙”来表达对优秀诗歌作品在审美价值上的欣赏推赞，以“妙”论诗不但符合中国古典文论的直觉性特征，并且与诗学的理趣、韵味相互勾连，经得起咂摸品味。方东树在其唐诗论里借鉴反刍了前代诗论家的理论成果，以“妙”论唐诗的审美性。司空图所谓“不着一字，尽得风流”八字是其诗学审美的妙极境界。严羽也在《沧浪诗话》中以“妙”论诗，且著称于世。在严羽那里，“妙”与禅悟完美地结合了起来，他在书中就有“大抵禅道惟在妙悟，诗道亦在妙悟”的说法，把论诗与论禅相联系，认为两者之间具有共通的地方。禅宗讲“悟”，而无论是南宗慧能，还是北宗神秀，不管是力主顿悟之说，或是讲究渐悟之法，都是以“悟”为核心。南宋时期正为佛家禅宗由发展转为成熟的阶段，严羽将盛唐之诗比作临济宗，将大历以后之诗比作曹洞宗，禅宗流派有南北高下之分，唐诗亦有优劣之辨，有其时代特征。

进入清代以后，王士禛擅长以禅喻诗，将司空图、严羽的妙悟进一步化为“神韵”。之后姚鼐论唐诗之妙同样以禅论之，他在《五七言今体诗钞序目》中说：“盛唐人诗固无体不妙，而尤以五言律为最。此体中又当以王、孟为最，以禅家妙悟论诗者正在此耳。”①方东树在其唐诗观里汲取了严羽妙悟诗论的观念，并继承了业师姚鼐的文学批评方法而又能超脱之。其诗论中也引用佛家语，特别是在论及唐人诗歌时，如“杜公乃佛祖，高、岑似应化文殊辈，韩苏是达摩”②，“王、李、高、岑别有天授，自成一家，如如来下又

① ［清］姚鼐：《今体诗钞》，曹光甫标点，上海古籍出版社 1986 年版，第 2 页。

② ［清］方东树：《昭昧詹言》，汪绍楹校点，人民文学出版社 1961 年版，第 240 页。

有文殊、普贤、维摩也”①,“辋川于诗…… 比之杜公,真如维摩之于如来”②,等等,不能一一录之。但是方东树又强调,诗歌创作时释家之语须慎用,“佛典字宜戒用”,他批评钱谦益滥用佛典字,导致“习气可憎,令人欲呕”③,对诗中佛典用字采取了折中态度。

而在“妙”的问题上,方氏又有所创新,在中国古典文论里,妙、神、奇等文学批评理论范畴过于粗泛,古往今来莫衷一是,因此,论唐诗之“妙”,就需要落到一些较为具象实在的论点之上,不至于言之泛泛而无从谈起。方东树于是提出:

> 凡诗文之妙者,无不起棱,有汁浆,有兴象,不然,非神品也。④

这里方东树就提出了对诗之“妙”的审美评判标准,即起棱、有汁浆、有兴象三个方面。接下来,本书也将结合唐人诗歌一并进行分析。

所谓“起棱”,当为诗歌中力求纵横跌宕,波澜起伏,有峰棱而不平。这就与方氏唐诗体格论中之诗歌章法有了十分密切的关联,但不同的是这是从审美层面而议,他在谈论诗歌的起、叙、写、议、转、结等环节无一不提到如何匠心独运、逆截往复,从而达到“妙”的境界。同时“起棱”还有用字生新,力避熟语之意。较方东树稍早的袁枚在其《随园诗话》中就有我们所熟知的“文似看山不喜平”的精辟说法,与之含义相近。书法艺术上也有“起棱”用法,清人方朔《枕经堂金石书画题跋》云:“字字起棱,笔笔如

① [清]方东树:《昭昧詹言》,汪绍楹校点,人民文学出版社 1961 年版,第 243 页。

② [清]方东树:《昭昧詹言》,汪绍楹校点,人民文学出版社 1961 年版,第 387 页。

③ [清]方东树:《昭昧詹言》,汪绍楹校点,人民文学出版社 1961 年版,第 378 页。

④ [清]方东树:《昭昧詹言》,汪绍楹校点,人民文学出版社 1961 年版,第 264 页。

铸,意包千古,势压三峰。”①这里的“起棱”意指隶书行笔一波三折,波磔劲健而内含骨力。

而所谓“汁浆”,结合方东树的宋学师法,其学术渊源可能来自朱熹,《朱子语类》中朱熹曾说:

> 如公看《诗》,只是识得个模像如此,他里面好处,全不见得。自家此心都不曾与他相黏,所以眊燥,无汁浆。如人开沟而无水,如此读得何益!未论读古人书,且如一近世名公诗,也须知得他好处在那里。如何知得他好处?亦须吟哦讽咏而后得之。②

朱熹批评后人学《诗经》只是表面功夫,不能“吟哦讽咏”入心入情,便不知好处。所以“汁浆”大致指诗句意蕴涵养的充实丰厚,须吟咏品味可得。传统建筑、中医上亦有“汁浆”用法:从建筑技法上说,汁浆指油漆操作中的一个步骤,“汁浆又称支浆,前者指材料,后者指操作,汁浆为一种很稀的材料,由油满、血料加水调成,用于地仗灰前,使地仗灰更容易附于木面上。……砍活之后,因木材面、缝隙中浮有灰土、杂物,不利于与灰壳的接合,所以支浆要满支于物件表面,尤其缝隙深处应反复处理。”③从中医上说,汁浆即指药汤,如黄元御《长沙药解》就说:“白术气味浓郁,汁浆淳厚,既养胃气,亦补脾气,最生津液,而止燥渴。”④由上可见,在传统文化中,不同学科行业门类的“起棱”“汁浆”含义稍有差异。

如果说“起棱”是诗歌之筋骨,那么“汁浆”则是诗歌之肌肉,在方东树的审美论中,起棱与汁浆往往一同出现,正如筋骨与肌肉密不可分,如:

---

① [清]方朔:《枕经堂金石题跋》,《石刻史料新编》,台湾新文丰出版社 1977 年版,第 14259 页。

② [宋]朱熹:《朱子全书》,朱杰人,严佐之,刘永翔主编,上海古籍出版社、安徽教育出版社 2002 年版,第 3669 页。

③ 边精一:《中国古建筑油漆彩画》,中国建材工业出版社 2013 年版,第 19~20 页。

④ [清]黄元御:《长沙药解》,中国医药科技出版社 2017 年版,第 7 页。

> 叙在法，存乎学；写在才气，存乎才；议在胸襟识见，存乎识：一诗必兼才、学、识三者。起棱在神气，存乎能解太史公之文，汁浆存乎读书多，材料富。①

> 大约不过叙耳、议耳、写耳，其入妙处，全在神来气来，纸上起棱，骨肉飞腾，令人神采飞越。此为有汁浆，此为神气。②

> 汁浆起棱，不止一处，愈多愈妙，段段有之乃妙。题后垫衬出汁起棱更妙。此千余年不传之秘，尽于此矣。③

在方东树的诗论体系中，“起棱”“汁浆”二词还往往省略为“棱”“汁”，或单用，或合称为“棱汁”。如此频繁地出现这两个术语，就使得我们对方氏之“起棱”与“汁浆”的关系，以及“棱汁”对诗歌审美之“妙”的意义产生了兴趣。依据上述引文，我们认为方东树所说“起棱在神气”，应有两方面的含义：一是指诗歌法度的神，二是指创作者自身的才情。“汁浆”在于读书广博，侧重诗歌要有丰满的内容，能让欣赏者体会到广博阔达的诗境。不过，上述引文中方东树又说“纸上起棱……此为有汁浆”，将“起棱”包含在了“汁浆”的意义范围之内，似乎在概念上有些含混不清，可是古典美学中往往也存在此内涵与彼内涵界定不够明晰，含义相互重叠的现象，这也是中国古典审美论的一个弊端。但是“起棱”与“汁浆”都须要学、才、识三者共同作用，才可以很好地在诗歌中呈现高明的审美意味，这一点方东树说得很清楚。方东树还认为“起棱”与“汁浆”在诗歌中显现得越多，诗歌的审美意味就越妙，联系其他相关学科门类也确实如此，不光优秀

---

① ［清］方东树：《昭昧詹言》，汪绍楹校点，人民文学出版社 1961 年版，第 235 页。

② ［清］方东树：《昭昧詹言》，汪绍楹校点，人民文学出版社 1961 年版，第 234 页。

③ ［清］方东树：《昭昧詹言》，汪绍楹校点，人民文学出版社 1961 年版，第 234 页。

的诗歌有骨有肉，优秀的书法、绘画等艺术作品均具有相似的审美特征。

我们来看看方东树在点评具体作品时对“起棱”与“汁浆”如何进行更具体的论析，如杜甫《奉先刘少府新画山水障歌》：

堂上不合生枫树，怪底江山起烟雾。闻君扫却赤县图，乘兴遣画沧洲趣。画师亦无数，好手不可遇。对此融心神，知君重毫素。岂但祁岳与郑虔，笔迹远过杨契丹。得非悬圃裂，无乃潇湘翻。悄然坐我天姥下，耳边已似闻清猿。反思前夜风雨急，乃是蒲城鬼神入。元气淋漓障犹湿，真宰上诉天应泣。野亭春还杂花远，渔翁暝蹋孤舟立。沧浪水深青溟阔，欹岸侧岛秋毫末。不见湘妃鼓瑟时，至今斑竹临江活。刘侯天机精，爱画入骨髓。自有两儿郎，挥洒亦莫比。大儿聪明到，能添老树巅崖里。小儿心孔开，貌得山僧及童子。若耶溪，云门寺。吾独胡为在泥滓，青鞋布袜从此始。

在评析该诗时，方氏说道：

章法作用，奇怪神妙，此为第一，韩苏以下无之。起突写二句，妙，下始接叙画，已奇矣。“画师”以下接叙人，作两层跌入，“得非玄圃”数句，又接写画，乃遥接“烟雾”句下也，却隔两段。“耳边”句，随手于议写中起棱，“反思”四句棱汁，“野亭”六句又接写画，乃遥接“闻猿”句下也，却隔一段。“不见”二句，又于写中起棱。“刘侯”一段铺叙，乃接“杨契丹”句下也。每接不测，奇幻无伦。“若耶”四句，另一意作结，乃是兴也，远情阔韵。①

---

① [清]方东树：《昭昧詹言》，汪绍楹校点，人民文学出版社1961年版，第259页。

方东树指出，此诗之所以“奇怪神妙，此为第一”，在于“起棱”“棱汁”。我们需要将其论断还原到诗歌文本之中，“耳边已似闻清猿”句与“不见湘妃鼓瑟时，至今斑竹临江活”二句之所以有起棱之评，应是在诗中有陡然新开一层之意，“耳边”句杜公本以诗写画，前文尚写图画本事，忽然又用听觉入诗，猿声凄清，增添诗情，而“不见”二句同样借鼓瑟以声音入诗写画，此三句虚实相间，画、诗、乐交织，诗意更上一层，正是起棱之义。可以说正是诗这一载体，将音乐与绘画神奇地连接起来。而“反思前夜风雨急，乃是蒲城鬼神入。元气淋漓障犹湿，真宰上诉天应泣”四句，看似脱离本事，实则破空联想，描写诗中所写之画。王嗣奭评该诗也直接点明此处最有意味：“篇中最得画家三昧，尤在‘元气淋漓障犹湿’一语，试一想象，此画至今在目，真是下笔有神；而诗中之画，令顾、陆奔走笔端。”①以联想手法宕开一笔，而非平铺直叙，从而将诗境提升，这正是“棱汁”的妙处。又如杜甫《观打鱼歌》：

> 绵州江水之东津，鲂鱼鲅鲅色胜银。渔人漾舟沉大网，截江一拥数百鳞。众鱼常才尽却弃，赤鲤腾出如有神。潜龙无声老蛟怒，回风飒飒吹沙尘。饔子左右挥双刀，脍飞金盘白雪高。徐州秃尾不足忆，汉阴槎头远遁逃。鲂鱼肥美知第一，既饱欢娱亦萧瑟。君不见朝来割素鬐，咫尺波涛永相失。

方东树称该诗：“每段有汁棱，托想雄阔远大。”②方东树用十分形象的语言，把诗歌审美中难以捉摸的因素具象化，诗有棱就不会平滑无奇，有汁有浆自然会滋味顿生，由诗歌之妙而引出的“起棱”和“汁浆”确为方东树诗论中的创新之处。

再来看“兴象”，前人已提及方东树以兴象论妙，但其仅强调兴象的直

---

① ［明］王嗣奭：《杜臆》，上海古籍出版社 1983 年版，第 37 页。

② ［清］方东树：《昭昧詹言》，汪绍楹校点，人民文学出版社 1961 年版，第 261 页。

觉性与所谓“高妙”。兴象这一审美范畴在唐代殷璠《河岳英灵集》里率先提出，一经问世，便影响了后世诗歌审美的发展走向。在殷璠之后，晚唐司空图也有“象外之象”“韵外之致”“味外之旨”的说法，与殷璠的“兴象”说有一脉相承的意味。“兴象”应是指诗歌创作主体的个人情感、才思气质投射在诗歌具体形象上，两者相融相合，而展示出不局限于诗歌形象本身，而是能够引发超出形象的更为深邃的独特审美意蕴。方东树也以为，诗作“华妙在兴象与词”。沈佺期有《兴庆池侍宴应制》：

碧水澄潭映远空，紫云香驾御微风。汉家城阙疑天上，秦地山川似镜中。向浦回舟萍已绿，分林蔽殿槿初红。古来徒羡横汾曲，今日宸游圣藻雄。

关于应制诗，学界基本上都认为几无意趣，大多为迎合皇帝，属酒宴应和而作，审美价值不高。但方东树议及此诗，则说：

起句破兴庆池，次句破宴，皆带兴象。中二联，两大景两细景分写。……气象高华浑卓，与右丞同工。①

他欣赏该诗“皆带兴象”，并将其与王维之诗相提并论，给予较高评价，显示出他在诗歌审美上独具慧眼。又如崔颢《行经华阴》：

岧峣太华俯咸京，天外三峰削不成。武帝祠前云欲散，仙人掌上雨初晴。河山北枕秦关险，驿树西连汉畤平。借问路旁名利客，无如此处学长生。

① ［清］方东树：《昭昧詹言》，汪绍楹校点，人民文学出版社 1961 年版，第 383 ~ 384 页。

方东树在评论此诗时说：

三四句写景，有兴象之妙。五六亦是写，但有叙说而无象，故不妙也。……于此可见七律用字须拣。同一兴象，而高下悬殊，哑与响不侔也。故曰诗须读之好听。①

在这里，方东树不但表明兴象对诗歌审美之“妙”的重大功用，还指出兴象的音律声响同样有高下之别，从声律角度对诗歌审美兴象之“妙”提出独到见解。他还在论杜甫《醉时歌》一诗时云：“豪宕绝伦，音节甚妙。”②今人研究诗歌，在研究声律音调在诗中的地位上尚有发掘空间，而恰恰不能忽视的正是声律，刘勰在《文心雕龙》专列《声律》一章，往来诗家莫不将音节调和作为上乘诗作的重要评价标准，值得学界加以重视。

而“兴象”一词，方东树又多将其拆而论之，“兴”指主体的情感，因物而感怀，言在此而寄托于彼，“象”指客观的诗歌描写形象，为起感触之事物。方氏以为有“兴在象外”之妙，论中唐诸家时就称赞刘长卿，他认为“文房诗多兴在象外……成句皆有余味不尽之妙矣”③。刘长卿《登余干古县城》云：

孤城上与白云齐，万古荒凉楚水西。官舍已空秋草绿，女墙犹在夜乌啼。平江渺渺来人远，落日亭亭向客低。沙鸟不知陵谷变，朝飞暮去弋阳溪。

方东树说：

---

① ［清］方东树：《昭昧詹言》，汪绍楹校点，人民文学出版社1961年版，第394页。

② ［清］方东树：《昭昧詹言》，汪绍楹校点，人民文学出版社1961年版，第257页。

③ ［清］方东树：《昭昧詹言》，汪绍楹校点，人民文学出版社1961年版，第419页。

首句破“城”字，而以“上与白云齐”五字为象，则不枯矣；……三四句赋古城，而以“秋草”“夜乌”为象，则不枯矣。……以情有余味不尽，所谓兴在象外也。①

卢纶《晚次鄂州》中三四两句“估客昼眠知浪静，舟人夜语觉潮生”，方氏议之：“三四兴在象外，卓然名句。”②论王建《李处士故居》颔联“一院落花无客醉，半窗残月有莺啼”，方东树云：“三四兴在象外，凄然耐想。”③

还有“兴在象中”之妙，如白居易《钱塘湖春行》：

孤山寺北贾亭西，水面初平云脚低。几处早莺争暖树，谁家新燕啄春泥。乱花渐欲迷人眼，浅草才能没马蹄。最爱湖东行不足，绿杨阴里白沙堤。

方东树论称此诗曰：

佳处在象中有兴，有人在，不比死句。④

“兴在象外”之妙，是在诗句中虽未明见诗人的主观感情，却能够在接受者阅读后，咂摸再三，体察到诗情之余韵，如上引刘长卿《登余干古县城》，句句都能在言外见登城之人；而“兴在象中”之妙，在于字句中直抒胸臆，诗人将无感情的客观意象附上生动的主观情感，使得诗作生机灵动。

---

① [清]方东树：《昭昧詹言》，汪绍楹校点，人民文学出版社1961年版，第419～420页。

② [清]方东树：《昭昧詹言》，汪绍楹校点，人民文学出版社1961年版，第427页。

③ [清]方东树：《昭昧詹言》，汪绍楹校点，人民文学出版社1961年版，第430页。

④ [清]方东树：《昭昧詹言》，汪绍楹校点，人民文学出版社1961年版，第430页。

综而论之,他从多个角度对“兴象”之妙进行了阐释。但方氏的唐诗审美论所论诗歌之“妙”,并非仅仅上述三个方面,历来诗家,莫能具言诗妙,方东树也曾说:

> 用笔之妙,翩若惊鸿,宛若游龙;如百丈游丝宛转;如落花回风,将飞更舞,终不遽落;如庆云在霄,舒展不定。①

在论李白时,他也说:

> 大约太白诗与庄子文同妙:意接词不接,发想无端,如天上白云,卷舒灭现,无有定形。②

如此玄虚缥缈,确实难以用切实的语言将“妙”完整地加以概括,不得不借用各种譬喻来表达对“妙”的理解领悟。“妙”之余味则需要诗歌创作者与欣赏者细细体会感悟,这就与佛家禅悟不谋而合。

总之,方氏有所承袭了以禅论诗,以及唐人“兴象”的审美观,并提出了“起棱”“汁浆”的全新概念。由于受古代文论旧习所限,方东树在论诗之“妙”时,也存在一定不足,但是其创新地以“棱汁”论“妙”在诗歌批评史上确有别开生面之貌。

第二节 意雄语健的诗之力

方东树在其唐诗审美论中论及的另一个要素,在于“力”。方东树直言“诗文第一笔力要强”,可见其重视程度。唐诗的“力”,其形成原因乃与

---

① [清]方东树:《昭昧詹言》,汪绍楹校点,人民文学出版社 1961 年版,第25~26页。

② [清]方东树:《昭昧詹言》,汪绍楹校点,人民文学出版社 1961 年版,第249 页。

其政治社会环境未可分开审视。初唐到盛唐以来，李唐国力逐渐鼎盛，诗人们是盛世的见证者与亲历者，诗歌中的雄健力度也达到一个从未有过的高度，社会现实"由此向艺术形态的投射与转化，便体现为对充满昂扬情调与壮伟气势的力的崇尚与追求"①。而到了玄宗后期，唐王朝由于政治腐败，中央无力统驭藩镇，周边外族也不再听从帝国之命，社会内部渐趋凋敝，终致"安史之乱"爆发。诗人们同样离不开社会，因而唐诗之"力"，不仅包蕴那种壮阔开阖之力，也涵括天宝之后，因内忧外患渐起，而使得中晚唐诗人们产生忧国忧民的沉郁顿挫之力。

清初叶燮已谈到诗歌的"力"，他所说的力乃是指作家的艺术功力和气魄，回到方东树论诗本身上来，究竟"力"为何指？如韩昌黎有《山石》：

山石荦确行径微，黄昏到寺蝙蝠飞。升堂坐阶新雨足，芭蕉叶大栀子肥。僧言古壁佛画好，以火来照所见稀。铺床拂席置羹饭，疏粝亦足饱我饥。夜深静卧百虫绝，清月出岭光入扉。天明独去无道路，出入高下穷烟霏。山红涧碧纷烂漫，时见松枥皆十围。当流赤足踏涧石，水声激激风吹衣。人生如此自可乐，岂必局束为人鞿。嗟哉吾党二三子，安得至老不更归。

方东树评价此诗时解释道：

他人数语方能明者，只须一句即全现出，而句法复有余地，此为笔力。②

此"笔力"即为诗之"力"。他认为，唐诗的笔力在于用笔简省劲切，在句法上能够精练地表达思想内容之外，还保留一定的余境。体现在审美

① 许总：《唐诗史》，江苏教育出版社 1994 年版，第 609 页。

② ［清］方东树：《昭昧詹言》，汪绍楹校点，人民文学出版社 1961 年版，第 238 页。

上，唐诗之“力”就呈露出一种雄健壮美、豪宕奇恣、顿挫沉劲的审美意味，而且在诗歌本身的审美意味之外亦有出乎文字的余味。

方东树在其诗论里推崇李白、杜甫、韩愈、苏轼四大家，他赞叹这四家笔力雄健，并指出他们诗中笔力的成因，他说：“李、杜、韩、苏，非但才气笔力雄肆，直缘胸中蓄得道理多，触手而发，左右逢原，皆有归宿，使人心目了然餍足，足以感触发悟心意。”①诗之“力”的生发不单单在于先天才情的作用，更缘于学识蕴蓄，从而能厚积薄发，信手拈来，给人以审美上的享受。

而落实在唐诗上的“力”，则李、杜、韩三家为最。李白天生有才，方东树也说其境意“断非学力所能到”，李太白以才情倾注诗内，其力喷薄绵延，奇劲有神；杜工部历盛世而至衰境，其力沉郁深厚，浑涵蕴藉；韩退之仕途多舛，其力简拔奇险，势急不平。他们也恰恰在诗歌审美上反映了唐代政治社会由盛转衰的时代背景。

结合具体篇目来看，杜甫有《又作此奉卫王》一首：

> 西北楼成雄楚都，远开山岳散江湖。二仪清浊还高下，三伏炎蒸定有无。推毂几年唯镇静，曳裾终日盛文儒。白头授简焉能赋，愧似相如为大夫。

方东树评之：

> 此是琢炼用力之法。起句叙事明净。次句即用意着力，不作常语。②

子美又有《白帝城最高楼》一首：

---

① ［清］方东树：《昭昧詹言》，汪绍楹校点，人民文学出版社 1961 年版，第 239 页。

② ［清］方东树：《昭昧詹言》，汪绍楹校点，人民文学出版社 1961 年版，第 411 页。

城尖径昃旌旆愁，独立缥缈之飞楼。峡坼云霾龙虎卧，江清日抱鼋鼍游。扶桑西枝对断石，弱水东影随长流。杖藜叹世者谁子，泣血迸空回白头。

方东树评之曰：

此亦造句用力之法。句法字字攒炼。起句促簇。次句疏直而阔步放纵，乃立命之根……收句气格历落，用意疏豁，非是则收不住中四句之奇倔。①

又如杜甫《戏为韦偃双松图歌》诗：

天下几人画古松，毕宏已老韦偃少。绝笔长风起纤末，满堂动色嗟神妙。两株惨裂苔藓皮，屈铁交错回高枝。白摧朽骨龙虎死，黑入太阴雷雨垂。松根胡僧憩寂寞，庞眉皓首无住著。偏袒右肩露双脚，叶里松子僧前落。韦侯韦侯数相见，我有一匹好东绢。重之不减锦绣段，已令拂拭光凌乱。请公放笔为直干。

方东树激赏道：

起句空中一喝。二句叙，分宾主。三四句夹议。“白摧”二句锻炼，奇句惊人。此诗句句有千钧之力，浅者岂能学之。②

方氏对这三首诗中字句之“力”，特别是“力”的具体审美表现说明得

---

① ［清］方东树：《昭昧詹言》，汪绍楹校点，人民文学出版社 1961 年版，第 415～416 页。

② ［清］方东树：《昭昧詹言》，汪绍楹校点，人民文学出版社 1961 年版，第 262 页。

较为清楚，即字字要精当简练，句句要奇崛利落，在炼字炼句上下功夫，不作常语熟字，达到所谓“句法有余地”，也就是要达到笔力简省健美的境界。这里桐城派以文论诗的诗论特点十分明显。

上文已经就方氏唐诗审美论之“力”的含义初步进行了阐释，我们也看出，此“力”与行文横截是紧密相连的，从诗歌篇幅来看，方东树认为，短篇易见笔力，“故短篇尤在有丘壑，截得断。断愈多，愈便用奇，愈斩峭，愈见笔力”。① 不仅语句中要多有截断，也要在诗中作陡峭健倔之境，方可有诗之“力”。

同样，我们根据方氏对韩愈的评述，也可以看出其论唐诗之“力”这一具体观点，他引姚范语：“姜坞先生评韩公记梦诗曰：‘以崚嶒健倔之笔，叙状情事，亦诗家所未有。’”②这里明确推崇韩愈崚嶒健倔之笔力，有“盘马弯弓惜不发”之感；又说韩愈“其笔势涌出，读之拦不住，望之不可极，测之来去无端涯，不可穷，不可竭”③，进一步指出诗之“力”须来之不可预料，势如破空，以勇猛健美的笔力陡然而下，可给予接受者以审美感受上的诗之“力”。

方东树对唐代古体诗之“力”作出了如上的揭示，而对近体诗，他同样认为：“七律句法，先须学坚峻用力，进以雄奇杰特，典贵警拔，惟其自然所出，总之‘语不惊人死不休’也。最忌巧，巧则伤气而轻卑矣，晚唐是已。”④这里方氏不但谈到律诗之“力”的具体审美特征，而且对晚唐诗歌展开了批评，认为晚唐诗歌尚巧而无力、从而导致诗歌的整体审美处于一种轻卑不古、浮于表面的状态。

---

① ［清］方东树：《昭昧詹言》，汪绍楹校点，人民文学出版社 1961 年版，第 215 页。

② ［清］方东树：《昭昧詹言》，汪绍楹校点，人民文学出版社 1961 年版，第 29 页。

③ ［清］方东树：《昭昧詹言》，汪绍楹校点，人民文学出版社 1961 年版，第 219 页。

④ ［清］方东树：《昭昧詹言》，汪绍楹校点，人民文学出版社 1961 年版，第 380 页。

唐中晚期之后诗歌多炫工巧，实则斧凿痕迹太重，反而失却浑成诗力。姚鼐《五言今体诗钞》中亦有“晚唐之才固愈衰”①之论，其实并非晚唐的诗人无才，只是国力渐衰反映到个人身上，无论是入世还是为文，才力无处可用。实际上早在穆宗之后，固然有儒家积极入世的观念顽强支撑，然而日益消沉淡漠的迷途意识已然在唐人诗歌中游走，而至懿宗、僖宗之时，内外困顿无力的末世衰相在大部分诗人群中产生了广泛的群体效应，或空言明道，或湎酒迷艳，或归隐避世，已在诗中感受不到曾有的力度。

除了李白天生才力过人，别有天授，方氏论唐诗之力多集中在杜、韩二公身上，杜、韩历盛世而睹衰相，这种社会发展态势的剧烈起伏必然会引起创作力量的迸发。少陵诗作从空间上以秦州为线，时间上以“安史之乱”结束作为天然的分水岭，呈现出前期同步于时间发展的纪实诗风与后期滞后于时间发展的回忆诗风。如果说前期杜甫还仅与当时大部分诗人并肩，那么经历时间空间的极大变动后，子美诗作中的力量便已超越众人，“造就了一部杜诗紧贴时代、回归现实的根本特征，从而构成对唐诗创作精神与审美流向的根本扭变”②；而韩愈则不仅历经盛衰，其异常坚定的尊儒排佛的人生价值观念与王朝强大的崇佛态度之间更产生了激烈碰撞，从而成为其诗风力量的另一来源，这也从一个方面印证了艺术形态对社会时政的投射。

同时，我们不难发现，上述引文里方东树还提到诗之“力”须“自然所出”的观念，相同的还有“诗有用力不用力之分。然学诗先必用力，久之不见用力之痕，所谓绚烂之极，归于平淡”③的论断，他告诫后人学诗在用力上须下苦功，而不能先学不用力之法，否则就会流于浅俗；而另一方面，学用力之法又不可费力而导致人工痕迹太重。如李颀《别梁锽》：

---

① [清]姚鼐：《今体诗钞》，曹光甫标点，上海古籍出版社1986年版，第2页。

② 许总：《唐诗史》，江苏教育出版社1994年版，第28页。

③ [清]方东树：《昭昧詹言》，汪绍楹校点，人民文学出版社1961年版，第380页。

梁生倜傥心不羁，途穷气盖长安儿。回头转眄似雕鹗，有志飞鸣人岂知。虽云四十无禄位，曾与大军掌书记。抗辞请刃诛部曲，作色论兵犯二帅。一言不合龙额侯，击剑拂衣从此弃。朝朝饮酒黄公垆，脱帽露顶争叫呼。庭中犊鼻昔尝挂，怀里琅玕今在无。时人见子多落魄，共笑狂歌非远图。忽然遣跃紫骝马，还是昂藏一丈夫。洛阳城头晓霜白，层冰峨峨满川泽。但闻行路吟新诗，不叹举家无担石。莫言贫贱长可欺，覆篑成山当有时。莫言富贵长可托，木槿朝看暮还落。不见古时塞上翁，倚伏由来任天作。去去沧波勿复陈，五湖三江愁杀人。

方氏便认为：“‘论兵’句，此等句最为费力。收二句似是喷薄，然适足见其痕迹。”①唐人尚且如此，后世学诗者之艰难可知矣。方东树也并非只是从单纯的唐诗评判角度考量诗作，其意图在于教导启发后人学诗之正法，这就不难解释方东树固然推尚李白奇逸诗风，却又要求以法度节制约束，正是因为太白天才高奇，难以捉摸，初学者入门把握不当容易误入歧途，须慎重修习其高妙文法，方东树良苦用心亦有可见。用力而不见用力痕迹，发于肺腑，自然浑成，这就是方氏唐诗审美论中，诗之“力”的最高层次。

所以，方氏所论诗之“力”，不惟在唐诗的遣词造句上讲求精炼奇警，而且不能简单地理解为用词艰僻，反而使之流于怪异，紧要的是在诗中自然发力，“一句一样境界”，太白之奇逸，子美之沉郁，退之之险崛，凌云健笔挥就壮丽篇章，如天造神工，皆无半点斧凿，而又能给人以雄奇健美之感，这才是唐诗之“力”最为难能可贵的形态。

---

① ［清］方东树：《昭昧詹言》，汪绍楹校点，人民文学出版社 1961 年版，第 246 页。

第三节　势蕴深厚的诗之气

提到方东树艺术审美论上的“气”，就要将其对相关诗论内容的继承梳理一番。作为哲学范畴的“气”早在《老子》即有体现，孟子也有“浩然之气”的著名论说，理学家如周敦颐、程颐、程颢、张载等亦多述论，明代气学各家更加以完善，诸家论著不作多言。而论“气”也是中国古典文艺美学的主要理论概念，曹丕《典论·论文》最早提出“文以气为主”的观点，刘勰在《文心雕龙》里专列《养气》一章，已重视“气”与文学作品的关系，而具体到诗歌理论，钟嵘在《诗品》中就已有以气论诗的评点，他说曹植“骨气奇高，词采华茂，情兼雅怨，体被文质，粲溢今古，卓尔不群”①，说刘祯“仗气爱奇，动多振绝”②。宋明以后，论诗之“气”诸家更是数不胜数。

在桐城派谱系中，刘大櫆(1698—1779)，字才甫，又字耕南，号海峰，位列三祖之一，文学造诣深厚。《清史稿·文苑传》赞扬“大櫆并古人神气音节得之，兼及庄、骚、左、史、韩、柳、欧、苏之长。其气肆，其才雄，其波澜壮阔”③。海峰提出了著名的“神气”说，在其《论文偶记》中专门论及此说：

> 行文之道，神为主，气辅之。曹子桓、苏子由论文，以气为主，是矣。然气随神转，神浑则气灏，神远则气逸，神伟则气高，神变则气奇，神深则气静，故神为气之主。④

刘大櫆认为，文学作品的精髓在“神气”，而“神”又是“气”的主体，“气”随着“神”的变化而产生相应的改变，所谓“气随神转”，无“神”则

---

① ［梁］钟嵘：《诗品译注》，周振甫译注，中华书局1998年版，第37页。

② ［梁］钟嵘：《诗品译注》，周振甫译注，中华书局1998年版，第38页。

③ ［清］刘大櫆：《刘大櫆集》，吴孟复标点，上海古籍出版社1990年版，第626页。

④ ［清］刘大櫆：《论文偶记》，人民文学出版社1959年版，第4页。

“气”亦无存。他深化了前人只重视“气”的观点，在“气”论的基础上增加了“神”的概念。“神”大致是指创作主体的精神风貌，“气”大致是指反映在文学作品之上的审美气势。罗宗强也对此作过解释。但是，不论是“神”，还是“气”，似乎依然不能摆脱含义模糊抽象的境地，因而刘大櫆又说：

> 音节高则神气必高，音节下则神气必下，故音节为神气之迹。……故字句为音节之矩。积字成句，积句成章，积章成篇。合而读之，音节见矣；歌而咏之，神气出矣。①

他将难以把握的“神气”具象化，落实在了“音节”和“字句”上，炼“字句”为基本而“音节”生，“音节”生而“神气”出，三者密不可分，形成一个审美整体。确切来说，刘大櫆从文字学、音韵学的角度揭橥了文学创作和批评的内在审美规律，这就使得“神气”不再抽象朦胧，使其面对创作者和批评者来说具有了一定的可操作性。

刘大櫆以“神气”论文影响颇大，姚鼐也以气论诗：“夫文以气为主，七言今体，句引字赊，尤贵气健，如齐、梁人，古色古韵，夫岂不贵，然气则踬矣。”②方东树以“气”论诗，同为桐城一派的他对刘大櫆、姚鼐的观点也有所承袭。在方氏的诗论中，他说：“气之精者为神。必至能神，方能不朽，而衣被后世。彼伪者，非气骨轻浮，即腐败臭秽而无灵气者也。”③又说：“诗文须神气浑涵，不露圭角。”④我们对这种传承关系看得十分明显，但方东树这里的“神”似已与“气”不是二元并举关系，而是认为“气”的最高境界才为“神”，“神”是由“气”演化而来的，将“神”纳入“气”的范畴中，这就与

① ［清］刘大櫆：《论文偶记》，人民文学出版社 1959 年版，第 6 页。

② ［清］姚鼐：《今体诗钞》，曹光甫标点，上海古籍出版社 1986 年版，第 2 页。

③ ［清］方东树：《昭昧詹言》，汪绍楹校点，人民文学出版社 1961 年版，第 25 页。

④ ［清］方东树：《昭昧詹言》，汪绍楹校点，人民文学出版社 1961 年版，第 36 页。

刘大櫆“神气”说有所不同。方氏还有“凡诗、文、书、画，以精神为主。精神者，气之华也”①的论断，这一句对方氏所谓“神”与“气”的关系体察得更为清楚。不过方东树所论之“气”，还有更多的意涵。

方东树对唐诗之气有着精到的认识，他赞同谢榛之言，并在诗论中加以引用。现引录于下：

诗人养气，蕴乎内，著乎外。初、盛唐诸家，有雄浑如大海奔涛，秀拔如孤峰峭壁，壮丽如层楼叠阁，古雅如瑶瑟朱弦，老健如朔漠横雕，清逸如九皋鸣鹤，明净如乱山积雪，高远如长空片云，芳润如露蕙春兰，奇彩如鲸波蜃气，此见于诸家所养不同也。②

初盛唐各家内在所养气质不同，显露于诗中的气势便变化万千。方氏论诗之“气”，首先，在其述评五古时可见方氏诗论的“元气”说。方东树在《昭昧詹言》通论五古一章中引南宋王应麟之语说：“王后斋曰：‘李义山谓昌黎文若元气。荆公谓少陵诗与元气侔。’”③可见杜、韩二人被他认作诗歌颇有元气，从方氏对杜甫的评价中也可见一斑：

杜公包括宇宙，含茹古今，全是元气，迥如江河之挟众流，以朝宗于海矣。④

大约飞扬肆兀之气，峥嵘飞动之势，一气喷薄，真味盎然，沉

① ［清］方东树：《昭昧詹言》，汪绍楹校点，人民文学出版社1961年版，第30页。

② ［清］方东树：《昭昧詹言》，汪绍楹校点，人民文学出版社1961年版，第479页。

③ ［清］方东树：《昭昧詹言》，汪绍楹校点，人民文学出版社1961年版，第40页。

④ ［清］方东树：《昭昧詹言》，汪绍楹校点，人民文学出版社1961年版，第210页。

郁顿挫，苍凉悲壮，随意下笔而皆具元气，读之而无不感动心脾者，杜公也。①

杜诗之“气”，方东树概括为“元气”，认为有飞扬喷薄而下之势，给人以感心动魄的力量。在五古中论韩愈，方东树说：“韩公诗，文体多，而造境造言，精神兀傲，气韵沉酣，笔势驰骤，波澜老成，意象旷达，句字奇警，独步千古，与元气侔。”②直言韩诗有沉郁酣畅的气韵，给人强烈的审美体验，究其根本，还是在于“与元气侔”，即元气浑成。唐诗之所以能够在诗歌发展史上开一代盛世，非常关键的一点就在于唐诗有气韵贯穿，而上文方东树对杜甫、韩愈二家之诗所作之评核，亦可视为其唐诗审美论中以“气”论诗部分的观点。

“气”与诗歌的章法结构也有密不可分的关系，方东树在《昭昧詹言》通论五古里有这样一段话：

有章法无气，则成死形木偶。有气无章法，则成粗俗莽夫。大约诗文以气脉为上。气所以行也，脉绾章法而隐焉者也。章法形骸也，脉所以细束形骸者也。章法在外可见，脉不可见。气脉之精妙，是为神至矣。③

方东树认为诗作如人，其章法结构犹如人之形骸，诗歌之“气”犹如人之血脉元气，气脉隐于内，统摄全诗结构，但能够借由章法展露于外。没有血脉的躯壳是行尸走肉，不得活法，但没有章法的约束，诗歌任气而为，则与粗俗的莽夫无异，恣意随便，难称神品。可见，方东树将“气”这一审美

① ［清］方东树：《昭昧詹言》，汪绍楹校点，人民文学出版社 1961 年版，第 212～213 页。

② ［清］方东树：《昭昧詹言》，汪绍楹校点，人民文学出版社 1961 年版，第 219 页。

③ ［清］方东树：《昭昧詹言》，汪绍楹校点，人民文学出版社 1961 年版，第 30 页。

要素提到了与其极为重视的“以文论诗”的章法脉络同等的地位，甚至略高一筹。因而，方氏唐诗审美论中所说诗之“气”的第一个方面就是“气”要喷薄酣畅，以“气”创意造言，又能有所约束，而不过于放肆，在缜密的章法中达到波澜壮阔的审美意境。

以具体诗作为例，比如杜甫《北征》：

皇帝二载秋，闰八月初吉。杜子将北征，苍茫问家室。维时遭艰虞，朝野无暇日。顾惭恩私被，诏许归蓬荜。拜辞诣阙下，怵惕久未出。虽乏谏诤姿，恐君有遗失。君诚中兴主，经纬固密勿。东胡反未已，臣甫愤所切。挥涕恋行在，道途犹恍惚。乾坤含疮痍，忧虞何时毕？靡靡逾阡陌，人烟眇萧瑟。所遇多被伤，呻吟更流血。回首凤翔县，旌旗晚明灭。前登寒山重，屡得饮马窟。邠郊入地底，泾水中荡潏。猛虎立我前，苍崖吼时裂。菊垂今秋花，石戴古车辙。青云动高兴，幽事亦可悦。山果多琐细，罗生杂橡栗。或红如丹砂，或黑如点漆。雨露之所濡，甘苦齐结实。缅思桃源内，益叹身世拙。坡陀望鄜畤，岩谷互出没。我行已水滨，我仆犹木末。鸱鸟鸣黄桑，野鼠拱乱穴。夜深经战场，寒月照白骨。潼关百万师，往者散何卒？遂令半秦民，残害为异物。况我堕胡尘，及归尽华发。经年至茅屋，妻子衣百结。恸哭松声回，悲泉共幽咽。平生所娇儿，颜色白胜雪。见耶背面啼，垢腻脚不袜。床前两小女，补缀才过膝。海图坼波涛，旧绣移曲折。天吴及紫凤，颠倒在裋褐。老夫情怀恶，呕泄卧数日。那无囊中帛，救汝寒凛栗。粉黛亦解包，衾裯稍罗列。瘦妻面复光，痴女头自栉。学母无不为，晓妆随手抹。移时施朱铅，狼藉画眉阔。生还对童稚，似欲忘饥渴。问事竞挽须，谁能即嗔喝？翻思在贼愁，甘受杂乱聒。新归且慰意，生理焉得说？至尊尚蒙尘，几日休练卒？仰观天色改，坐觉妖氛豁。阴风西北来，惨淡随回纥。其王愿助顺，其俗善驰突。送兵五千人，驱马一万匹。此辈少为贵，四方服勇决。所用皆鹰腾，破敌过箭疾。圣心颇虚伫，时议气欲夺。伊洛指掌收，西京不足拔。官军请深入，蓄锐可俱发。此举开青徐，旋瞻略恒碣。昊天积霜露，正气有肃杀。祸转亡胡岁，势成擒胡月。胡命其能久？皇纲未宜绝。忆昨狼狈初，事与古先别：奸臣竟菹醢，同恶随荡析。不闻夏殷衰，中自诛褒妲。周汉获再兴，宣光果明哲。桓桓陈将军，仗钺奋忠烈。微尔人尽非，于今国犹活。凄凉大同殿，寂寞白兽闼。都人望翠华，佳气向金阙。园陵固有神，洒扫数不缺。煌煌太宗业，树立甚宏达！

方东树将其与韩愈《南山》从章法角度进行比较，认为：“《北征》《南山》体格不侔，昔人评论以为《南山》可不作者，滞论也，论诗文正不当如此比较。《南山》盖以京都赋体而移之于诗也，《北征》是《小雅》《九章》之比。”①从而得出“读《北征》《南山》可得满象，并可悟元气”②的以章法统摄诗“元气”的结论。不过，方东树之后的吴闿生在批点《昭昧詹言》此句时认为：“吾谓《南山》不及《北征》甚远，以其气不逮也。”③虽然观点有异，但是，桐城门人对《北征》中的“气”保持了一致的褒赏认识，可见桐城派诗学的传续。

其次，在论七古时，方东树又说：“七古以才气为主，纵横变化，雄奇浑灏，亦由天授，不可强能。杜公、太白，天地元气，直与《史记》相埒，二千年来，只此二人。”④天地的元气作用在创作者身上，便是人之才气，再借由文学创作反映到作品上，就呈示出诗之“才气”，这是“气”的另一个方面。如岑参《白雪歌送武判官归京》：

① ［清］方东树：《昭昧詹言》，汪绍楹校点，人民文学出版社 1961 年版，第 40 页。

② ［清］方东树：《昭昧詹言》，汪绍楹校点，人民文学出版社 1961 年版，第 41 页。

③ ［清］方东树：《吴氏许本昭昧詹言》，吴闿生评，民国七年刻本，第 28 页。

④ ［清］方东树：《昭昧詹言》，汪绍楹校点，人民文学出版社 1961 年版，第 232 页。

北风卷地白草折，胡天八月即飞雪。忽如一夜春风来，千树万树梨花开。散入珠帘湿罗幕，狐裘不暖锦衾薄。将军角弓不得控，都护铁衣冷难着。瀚海阑干百丈冰，愁云惨淡万里凝。中军置酒饮归客，胡琴琵琶与羌笛。纷纷暮雪下辕门，风掣红旗冻不翻。轮台东门送君去，去时雪满天山路。山回路转不见君，雪上空留马行处。

方氏论说此诗：

奇峭。起飒爽。“忽如”六句，奇才奇气，奇情逸发，令人心神一快。须日诵一过，心摹而力追之。“瀚海”句换气，起下“归客”。①

可以看出，诗人须有奇才，诗方有奇气，才气对诗作的启发效用巨大。这就是方氏所论诗之“气”的第二层意涵，唐诗有才气，这种才气十分特殊。才气融入诗中，体现出浑厚气势，如王摩诘《陇头吟》：

长安少年游侠客，夜上戍楼看太白。陇头明月迥临关，陇上行人夜吹笛。关西老将不胜愁，驻马听之双泪流。身经大小百余战，麾下偏裨万户侯。苏武才为典属国，节旄落尽海西头。

植之评云：“收浑脱沉转，有远势，有厚气。此短篇之极则。”②又如岑嘉州《走马川行奉送封大夫出师西征》：

① ［清］方东树：《昭昧詹言》，汪绍楹校点，人民文学出版社 1961 年版，第 248 页。

② ［清］方东树：《昭昧詹言》，汪绍楹校点，人民文学出版社 1961 年版，第 244 页。

君不见走马川行雪海边，平沙莽莽黄入天。轮台九月风夜吼，一川碎石大如斗，随风满地石乱走。匈奴草黄马正肥，金山西见烟尘飞，汉家大将西出师。将军金甲夜不脱，半夜军行戈相拨，风头如刀面如割。马毛带雪汗气蒸，五花连钱旋作冰，幕中草檄砚水凝。虏骑闻之应胆慑，料知短兵不敢接，车师西门伫献捷。

方东树评云：“奇才奇气，风发泉涌。”①唐诗较后世诗作尤为不同的地方就是才气甚奇，在评价岑参此诗时，方东树注重的才气讲究奇峭清拔，飒爽快意。姚鼐在评王维《出塞作》有言：“右丞尝为御史，使塞上，正其中年才气极盛之时。此作声出金石，有麾斥八极之概矣。”②惜抱评李商隐也有“玉溪生虽晚出，而才力孰为卓绝”③之论，可见方东树求学于姚鼐多年，其诗论观点也有承继惜抱之处。

再次，至于方东树论及七律，也有以“气”论之，但律诗章法严明，与古体诗不同，方氏说：“七古以才气为主，而驰骤疾徐，短长高下，任我之意以为起讫。七律束于八句之中，以短篇而具纵横奇恣、开阖阴阳之势，而又必起结转折、章法规矩井然，所以为难。”④相较前文论五言古诗时的章法，律诗章法更近于苛刻，所以在八句之中“气”的运用更为不易，主要还是要具有首尾连贯的气势，将作者的才气品质在诗作中一气贯注。如著名的崔颢《黄鹤楼》一诗：

昔人已乘黄鹤去，此地空余黄鹤楼。黄鹤一去不复返，白云千载空悠悠。晴川历历汉阳树，芳草萋萋鹦鹉洲。日暮乡关何处是？烟波江上使人愁。

---

① [清]方东树：《昭昧詹言》，汪绍楹校点，人民文学出版社 1961 年版，第 248 页。

② [清]姚鼐：《今体诗钞》，曹光甫标点，上海古籍出版社 1986 年版，第 3 页。

③ [清]姚鼐：《今体诗钞》，曹光甫标点，上海古籍出版社 1986 年版，第3 页。

④ [清]方东树：《昭昧詹言》，汪绍楹校点，人民文学出版社 1961 年版，第 375 页。

方东树论曰：

> 此千古擅名之作，只是以文笔行之，一气转折。五六虽断写景，而气亦直下喷溢。收亦然。所以可贵。①

崔颢此诗千古绝唱，浑成之处，就在于严密格律之内连绵不绝的“气”，这种首尾贯注，直下涌溢的气势，即指诗作首末气势的审美风貌要能够驾驭全诗的脉络构架，具有连贯性和一致性。

最后，方东树继承刘大櫆以“音节”论“神气”的思想，在其唐诗审美所论诗之“气”中，也有以音节论“气”。方东树在论王昌龄的《篌箜引》（《昭昧詹言》本作“篌箜”，应为“箜篌”）时就说“商调抗坠，自有奇气”。② 由该诗观之，诗歌表现内容情感与音乐格律合而为一，有不同凡响的艺术效果。故而方东树欣赏该诗“自有奇气”，以音入气，亦是方氏诗论较有特色之处。这也与后文将要论及方东树对“格调论”的吸收改进有关。

“气”在方东树的诗论中是一个重要概念，他十分看重“气”在诗文中的作用：

> 观于人身及万物动植，皆全是气所鼓荡。气才绝，即腐败臭恶不可近。诗文亦然。又有一种器物，有形无气，虽亦供世用，而不可以例诗文。诗文者，生气也。若满纸如剪彩雕刻无生气，乃应试馆阁体耳，于作家无分。③

实际上，上文所述五古、七古、七律等诗之“气”，并非一种诗体有一种

---

① ［清］方东树：《昭昧詹言》，汪绍楹校点，人民文学出版社 1961 年版，第 394 页。

② ［清］方东树：《昭昧詹言》，汪绍楹校点，人民文学出版社 1961 年版，第 245 页。

③ ［清］方东树：《昭昧詹言》，汪绍楹校点，人民文学出版社 1961 年版，第 25 页。

“气”，而是方东树以体为纲论诗。本书也依其顺序叙述，“气”的各种审美表现在各体诗里皆有体现，放在更广阔的艺术门类中，方氏亦有“大约古文及书、画、诗，四者之理一也。……以精神为主。精神者，气之华也”之论，将画论中的气韵之说引入诗论中，日人青木正儿在这里表示赞赏并认为方东树“在诗论中搬出气韵说，是属珍闻”。① 因而方氏以气论诗已体现出与前人不同的着眼特点，其“气”相互会通，汇聚诗人才气，涵养诗章元气，并以铿锵音律入气，表现出气韵生动喷薄，而又奇飒畅爽的一气通贯风貌。

第四节 妙、力、气三者统一的唐诗审美特征

经过前文三节的论述，我们已经对方东树以妙论诗、以力论诗、以气论诗三个维度的唐诗审美思想有了较为清晰的了解，不过，这三者并不是互相孤立、不相关联的关系，妙、力、气三方面实际上是处于和谐统一、相互交融的情境。

在方东树看来，妙、力、气三者不可缺一。方氏崇尚“起棱”“汁浆”论诗之妙，诗作若要“起棱”，非下笔用力而不可得，唐诗之“棱”，即是唐诗须波澜起伏，于章法中涌现纵横跌宕的笔势，于字句中显露简省生新的特色，而有句外之余味，这即与诗歌之力有密切的联系，方氏认为诗须用力截断，“愈斩峭，愈见笔力”，而截断之后，则要在诗歌走势上更进一层，正是“起棱”之意。方东树强调诗作之力体现在造句用词简省精当，于章法外有余地，力足而妙生。这也就是方氏在其诗论中多次肯定的“事外之妙”。如少陵《后苦寒行》二首：

南纪巫庐瘴不绝，太古以来无尺雪。蛮夷长老怨苦寒，昆仑天关冻应折。玄猿口噤不能啸，白鹄翅垂眼流血。安得春泥补

---

① （日）青木正儿：《清代文学批评史》，陈淑女译，台湾开明书店1970年版，第148页。

地裂。

晚来江门失大木，猛风中夜吹白屋。天兵斩断青海戎，杀气南行动地轴，不尔苦寒何太酷。巴东之峡生凌澌，彼苍回轩人得知。

植之评云："起曲折笔力。收句奇。只说寒冻地裂耳，而其妙可悟。"①诗句要给人审美价值中的妙趣，就要有笔力。而所谓"汁浆"论妙，又与诗之气具有一定的关联，诗无气则为死句，气脉深厚就会在诗作中给人"汁浆"丰满的审美感受。

从力与气的关系来说，皎然有"气高而不怒，力劲而不露"之语。一方面，诗固然以有气为贵，但是，气又不可恣肆任意而发，这样反而落入猖狂粗俗之窠臼，这一点有行文章法作约束，但力对气的功用又值得体察，诗作中有力作为支撑，气才可以正，犹人有筋骨，力劲则气盛。创作主体有凌云之笔力，自然就能够将诗之气收放自如，且力与气相互糅合，能体现出喷薄而出、变化万端、无际无涯的气力恢弘之感，正如方东树论韩愈时所说："韩公当知其'如潮'处……其笔势涌出，读之拦不住，望之不可及，测之来去无端涯。"②诚然，以力撑气确为要紧，不过，一味着力而少气亦是无趣味。空有力而无气，诗作则瘦硬艰涩，无咀嚼韵味；气势充沛，方能强固其力，滋味自生。

另一方面，有才气方可使笔力。如若才气游弱，谈何雄健笔力，这也就是所谓气衰而力懦。李白天生我才，气度沛然，"正是诗人我歌、我泣、我喜、我怒的真情和生气"③，因而其笔力"如龙跳天门，虎卧凤阁，威凤九苞，

① [清]方东树：《昭昧詹言》，汪绍楹校点，人民文学出版社1961年版，第267页。

② [清]方东树：《昭昧詹言》，汪绍楹校点，人民文学出版社1961年版，第219页。

③ 罗时进：《唐诗演进论》，江苏古籍出版社2001年版，第51页。

祥麟独角，日五彩，月重华，瑶台绛阙，有非寻常地上凡民所能梦想及者”。① 叶燮《原诗》中“李白天才自然，出类拔萃……盖白之得此者，非以才得之，乃以气得之也……历观千古诗人，有大名者，舍白之外，孰能有是气者乎”②之语是同理。方东树用如此溢美之词赞誉太白之气力，气对力的意义由是可见。

杜甫有《暮归》一首，可作妙、力、气三者统一审美观的范例：

> 霜黄碧梧白鹤栖，城上击柝复乌啼。客子入门月皎皎，谁家捣练风凄凄。南渡桂水阙舟楫，北归秦川多鼓鼙。年过半百不称意，明日看云还杖藜。

此诗为大历三年(768)所作，方东树点评道：

> 起四句，情景交融，清新真至。后四句叙情，一气顿折，曲盘瘦硬。而笔势回旋顿挫阔达，纵横如意，不流于直致，一往易尽。是乃所以为古文妙境，百炼钢化为绕指柔矣。③

方氏先议章法，再以气论之，一气贯穿却又不会流于顺平，导致容易竭尽。究其原因，乃是有力顿折回旋，以力御气，而力又不可过于生硬，天然生出而无用力之迹方为精妙，方东树借以文论诗之法，“曲盘瘦硬”是为棱，“顿挫阔达”是为汁，棱汁饱满，方为高妙。统而论之，有力作支撑，以气为萦绕，百炼钢化作绕指之柔，天然共谐，可臻妙境。

综上而论，方东树的唐诗审美论中，有个人独到的鲜明色彩，不仅在前

① ［清］方东树：《昭昧詹言》，汪绍楹校点，人民文学出版社 1961 年版，第 249 页。

② ［清］叶燮：《原诗》，霍松林校注，人民文学出版社 1979 年版，第 64 ~ 65 页。

③ ［清］方东树：《昭昧詹言》，汪绍楹校点，人民文学出版社 1961 年版，第 415 页。

人理论上发挥充实了“兴象”之说，而且独创“棱汁”之说，从而以多角度论及唐诗之“妙”。方东树又推崇笔力精当，诗作须有健美劲切之力，最终要达到用力之处无用力之痕的“绚烂之后，归于平淡”的天然境地，此即方氏所论唐诗之“力”。至于方东树承继刘大櫆“神气”说，又要求诗作须一气贯之，养天地之元气，聚诗人之才气，在诗作中体现出气韵生动喷薄，而又高逸有神的唐诗之“气”，则是其唐诗审美理念的第三个方面。力与气交相作用，而作用之外强调的自然无痕，又与严羽“羚羊挂角，无迹可求”之妙形成跨越时空的关联，集中到“别有能事”上来，妙、力、气三方面共谐共融，形成了方东树独出机杼的唐诗审美论。

第四章　“熔铸唐宋”的折中意望

唐宋两代六百余年，其文学发展浩浩汤汤，一脉相承，集中到诗歌发展史上，唐诗和宋诗却以朝代为界被人为地割裂开来，在后世学术界出现“尊唐贬宋”和“扬宋抑唐”两股学术思潮，它们相互对立，各标轩轾，显示出互有消长的态势，形成诗史上著名的“唐宋诗之争”，尤以明清两代最为激烈，这场旷日持久的论战涉及诗学体派、诗学思潮、诗学理论等各个领域，揭示出诗歌批评原则、诗歌审美特征等一系列诗学命题。桐城派在这场争论中择善而从之，姚鼐提出“熔铸唐宋”的里程碑式诗论主张，经由方东树继续完善发展，更加注重唐宋兼融，梅曾亮认为：“方植之之诗……大段读去，已自成为植之之诗，不似亮等忽唐忽宋也。”①这使得桐城诗派成为清代诗坛具有鲜明折中特色的诗学流派。

第一节　诗人之诗与学者之诗的并重

所谓唐诗与宋诗，都只是借用朝代名称来区分诗歌风格的差异。钱锺书就有精辟论断，所谓“唐诗、宋诗，亦非仅朝代之别，乃体格性分之殊”，用朝代来为诗歌体格命名，实际上是为了方便称谓而已。而单纯用朝代划分这两种诗歌风格，却又显偏颇，清人吴雷发在《说诗菅蒯》中就说：“岂唐

① ［清］方东树：《半字集》，《清代诗文集汇编》，上海古籍出版社2010年版，第1页。

诗中无宋，宋诗中无唐耶？”①唐宋诗之争自南宋势起，而南宋时人张栻就已不囿于“唐宋”界定，提出了“诗人之诗”和“学者之诗”的义涵，其述评录于元代盛如梓《庶斋老学丛谈》：“诗人之诗也，可惜不禁咀嚼。……非学者之诗。学者诗读着似质，却有无限滋味，涵泳愈久，愈觉深长。”②张栻理学造诣深厚，与朱熹、吕祖谦齐名，时称“东南三贤”。他提出了有别于唐宋朝代称谓的区别诗歌体格之范畴，这里的“学者”即指儒者，狭义而言则是专指理学家，“学者之诗”即是由理学家创作的诗歌。张栻认为“学者之诗”能够在看似瘦硬枯淡的诗句中涵蕴意味。而放在广阔的诗歌发展史上来看，“学者之诗”则是指蕴藉义理学问、涵容哲思理趣、怀抱经世济民志气之诗。钱牧斋在《顾麟士诗集序》中说：“余惟世之论诗者，知有诗人之诗，而不知有儒者之诗。”③意识到诗有“儒者之诗”与“诗人之诗”的区别，在其后续论述中明确指出“儒者之诗”是以对“六经之指归”的沉研强识为基础而形成的，须培植丰厚的学养来支持，故能“选义考辞，各有来自”。由钱谦益所说的“儒者之诗”中所表现出对学问、义理的重视可以看出，“儒者之诗”相对来说义界较窄，可以包容在“学者之诗”概念界限之内。

而张栻提到的另一个概念“诗人之诗”，他认为相较“学者之诗”难堪咀嚼，没有可供揣度再三的深意，两者已有高下，但尚未完全对立起来，进入明清之后，两者才逐渐势立两峰。我们认为，“诗人之诗”是指注重情感表现和吟咏性情的诗歌，这与唐诗风格相近。前哲还有“文人之诗”的说法，如黄宗羲在《后苇碧轩诗序》中提出了“文人由学力而成，诗人从锻炼而得”④的看法，但古代文人与学者两种角色往往无法割裂，因此“文人之诗”与“学者之诗”含义范围多有重合。“诗人之诗”相比于“文人之诗”来

---

① ［清］吴雷发：《说诗菅蒯》，《丛书集成续编》，上海书店出版社 1994 年版，第159 页。

② ［元］盛如梓：《庶斋老学丛谈》，《景印文渊阁四库全书》，台湾商务印书馆 1983 年版，第 539 页。

③ ［清］钱谦益：《牧斋有学集》，钱曾笺注、钱仲联标校，上海古籍出版社 1996 年版，第 822 页。

④ ［明］黄宗羲：《南雷文约》，时中书局宣统二年刊本，卷四。

说，文人的概念过于宽泛，而诗人的概念界限更为明晰，针对性更强。“文人之诗”应是指具有经典学问积淀，富含情感思想，由文人自觉主动创作而有别于民间诗歌的诗作，即文人诗是与民间诗相对的概念。传统意义上的文人包括了诗人与学者，“诗人之诗”与“学者之诗”当含在“文人之诗”的义涵之下。翁方纲还有“诗人之诗”“才人之诗”“学人之诗”的说法，不过这种以先天之才人、后天之学人与诗人相提并举的分类方式似不够合理。故而，用“诗人之诗”和“学者之诗”取代唐宋之别来涵盖两种诗歌风格，是有可行性和操作性的，并较之唐宋之称谓更有广泛科学的概括意义。但需要注意的是，无论是“诗人之诗”，抑或是“学者之诗”，都是对创作主体在诗歌中所拟角色话语，并由此产生的诗歌风貌和创作特点来说，并非鉴于创作主体本身而言。

如前文所述，清代学界对推崇“诗人之诗”还是“学者之诗”，对宗唐或是宗宋存在论争和抉择，其实在桐城派内部，同样有宗唐与宗宋的不同观点。三祖之一的刘大櫆著有《盛唐诗选》《唐诗正宗》，推崇盛唐诗歌，刘大櫆提倡诗文需格高调响，尊唐而强调声律韵味，与明七子“诗必盛唐”的口号相契合，倾向于“诗人之诗”。而姚范标举宋诗，取法江西，严守法度规范，趋于“学者之诗”，虽然易于作诗学诗，却也时常枯槁生涩。而桐城派演进到姚鼐时，他在《与鲍双五》中所云“熔铸唐宋，则固是仆平生论诗宗旨耳”①之语标示着姚鼐继承融通刘大櫆、姚范的思想后，明确提出“熔铸唐宋”的折中的诗歌主张。姚莹评价姚鼐的诗风称：“以五古为最，高处直是盛唐诸公三昧，非肤袭貌取者可比。七古用唐调者，时有王、李之响；学宋人处时入妙境，尤不易得。七律工力甚深，兼盛唐、苏公之胜。七绝神俊高远，直是天人说法，无一凡近语矣。”②故而，姚鼐将宗唐、宗宋相互对立的诗论化为兼宗并取的态度，这是桐城派诗论趋于成熟的标志，而唐宋诗

---

① ［清］姚鼐：《惜抱轩尺牍》，卢坡点校，安徽大学出版社2014年版，第59页。

② ［清］姚莹：《识小录·寸阴丛录》，黄季耕点校，黄山书社1991年版，第133页。

之争也在这里得到相互包容。

方东树承袭乃师姚鼐，将“熔铸唐宋”的折中思想继续完善增益，试图在诗论中将“诗人之诗”和“学者之诗”交融互通。虽然方东树浸染理学较深，著《汉学商兑》《书林扬觯》极力为宋学张目，但绝不能在诗学宗尚上就此将其归入宗宋一派，他对刘大櫆和姚范的诗论思想有清醒的认识，认为“诗人之诗”与“学者之诗”各有利弊，如刘长卿《献淮宁军节度使李相公》一诗：

> 建牙吹角不闻喧，三十登坛众所尊。家散万金酬士死，身留一剑答君恩。渔阳老将多回席，鲁国诸生半在门。白马翩翩春草细，郊原西去猎平原。

方东树在其《昭昧詹言》中评析云：

> 海峰《正宗》独以此一篇入选，所以崇格也，《正宗》之选，专取高华伟丽，以接引明七子。①

他认为刘大櫆“才自高”，其诗高华壮丽，但其学养不够深厚，虽“接引明七子”，其弊病也与七子相仿，乃在于模拟古人却没有自己的本色，“太似古人，能合而不能离”。而姚范平生致力经史，在学识上胜于刘大櫆，论诗不主独尊唐诗，而要参酌宋诗，宋诗重学理，这也与其风格相近，但其气魄不够雄浑厚重，与方东树所崇尚的审美风貌相异。应当说，打破唐宋诗之争的壁垒关键在于把握住思潮脉络及内在承继关联，方可将宗唐和宗宋钮合起来，到方东树时，他既标举审美理想，钦慕雄美溢采、高华圆转的“诗人之诗”之神韵格调，又立足经济思想，强调议论述理、文法清晰的“学者

① ［清］方东树：《昭昧詹言》，汪绍楹校点，人民文学出版社 1961 年版，第 421 页。

之诗”之实用价值。

从方氏所选诗家来看,“诗人之诗”以汉魏、盛唐之诗作为标尺,大多注重吟咏情性,气韵淳厚,兴会所至不拘法度,李白、苏轼是也;“学者之诗”坚守儒家伦理教化,大多法度整饬,深沉生新,道理哲思盎然其中,韩愈、黄庭坚是也。而能够在一人身上同时体现出两种风格的诗人则是杜甫,方东树论诗推“李、杜、韩、苏”四大家,延续姚鼐思想,其中最为推崇杜诗,他认为:

杜公如佛,韩、苏是祖,欧、黄诸家五宗也。此一灯相传。①

他以杜甫为核心,韩愈、苏轼两支分为承继,欧阳修、黄庭坚等诸家诗人再为各分宗,将杜甫作为了“诗人之诗”与“学者之诗”的契合点,使“诗人之诗”与“学者之诗”联结了起来。

方东树以风格特征论诗,而非以朝代割断。方氏曰:

诗中夹以世俗情态,困苦危险之情,杜公最多,韩亦有之,山水风月,花鸟物态,千奇万状,天机活泼,可惊可喜,太白、杜公、坡公三家最长。古今兴亡成败,盛衰感慨,悲凉抑郁,穷通哀乐,杜公最多,韩公亦然,以事实典重饰其用意,加以创造奇警,语不惊人死不休,此山谷独有,然亦从杜中得来者,不过加以造句耳。杂以嘲戏,讽谏谐谑,庄语悟语,随兴生感,随事而发,此东坡之独有千古也。②

从上述论断可以看出,方氏所论杜甫、韩愈、李白、苏轼、黄庭坚诸家,

① [清]方东树:《昭昧詹言》,汪绍楹校点,人民文学出版社1961年版,第237页。

② [清]方东树:《昭昧詹言》,汪绍楹校点,人民文学出版社1961年版,第236页。

其中尤为推崇杜甫，认为他不特有独擅之处，并且兼有他人所长。不论是艰辛困苦的“世俗情态”，或是活泼清丽的“山水风月”，又或是悲凉抑郁的“盛衰感慨”，还是求新求变的“创意造言”，杜甫皆有成就。可以说，杜甫承接盛唐以来高远雄健的“诗人之诗”诗风，又下启韩愈、黄庭坚以至两宋逐渐形成的学者诗风，确实联结了“诗人之诗”与“学者之诗”。

而方东树论“诗人之诗”与“学者之诗”之融合的一个重要目的是力图让学诗者有章可循，易于学诗。杜甫由盛世而入衰微，相对于“不平则鸣”的韩愈，其倾向在“诗人之诗”与“学者之诗”间似乎依然偏于前者，杜诗包容万象，难以复制。方东树就说：

> 钱牧翁讥山谷为不善学杜，以为未能得杜真脉，其言似也。但杜之真气脉，钱亦未能知耳。观于空同之生吞活剥，方知山谷真为善学，钱不足以知之。但山谷所得于杜，专取其苦涩惨淡，律脉严峭一种，以易夫向来一切意浮功浅、皮傅无真意者耳；其于巨刃摩天、乾坤摆荡者，实未能也。①

以黄庭坚为代表的宋代“学者之诗”以杜为师，自为一派，也仅“专取其苦涩惨淡，律脉严峭一种”，子美乾坤摆荡之真脉却未有为继，不过即便如此，山谷也改变了当时意浮功浅的诗坛局面，方堪称大家。相比杜甫来说，韩愈则偏向“学者之诗”更为明显，韩愈更加接近“卓然自立、信而好古”的诗人理想品格，具有“脱尽凡情”之傲骨。他认为杜韩诗之所以能达到如此高度，在于以学者之身份为诗人之诗：

> 杜、韩之真气脉作用，在读圣贤古人书、义理志气胸襟源头本领上。今以猥鄙不学浅士，徒向纸上求之，曰：“吾学杜，吾学

① ［清］方东树：《昭昧詹言》，汪绍楹校点，人民文学出版社 1961 年版，第 210～211 页。

韩。”是奚足辨其涂辙，窥其深际！①

更为重要的是，方东树认为“韩如六经”，韩愈之诗本自六经而来，其诗虽然变化不及李杜，但其笔势驰骤、文法井然，因而他是注重经史学识、融贯古文涵养的学者文学的典型，也与桐城派诸人义法昌明的特点相近，甚为符合方东树的诗学理想。

而李白、苏轼作为“诗人之诗”之楷模，方东树也十分称许，称李白是“五通仙人”，称苏轼“古今奇才无两，自别为一种笔墨，脱尽蹊径之外”②，表达了对二人的高度评价，可是“太白仙语，须有方寸，不尔便至狂狙失守”③，“苏公如祖师禅，入佛入魔，无不可者，吾不敢以为宗，而独取杜韩”④。因而，太白、东坡豪情才气蕴藉诗中，但章法变化却开阖纵横，学诗者不易掌握。故而方东树认为：

> 诗文以豪宕奇伟有气势为上，然又恐入于粗犷猛厉，骨节粗硬。故当深研词理，务精极纯，不得矜张，妄使客气，庶不至气骨粗浮而成伧俗。⑤

方东树对待太白、东坡等人的诗歌风格虽然持赞誉有加的态度，但是对学诗人来说，则由于学李、学苏容易“开流易轻滑之病”，须“深研词理，务精极纯”，非一般修习所能得之，误入歧途则得不偿失，故而“不敢以为

---

① ［清］方东树：《昭昧詹言》，汪绍楹校点，人民文学出版社1961年版，第210～211页。

② ［清］方东树：《昭昧詹言》，汪绍楹校点，人民文学出版社1961年版，第444页。

③ ［清］方东树：《昭昧詹言》，汪绍楹校点，人民文学出版社1961年版，第241页。

④ ［清］方东树：《昭昧詹言》，汪绍楹校点，人民文学出版社1961年版，第219页。

⑤ ［清］方东树：《昭昧詹言》，汪绍楹校点，人民文学出版社1961年版，第221～222页。

宗”，没有将其放在与杜韩相同的位置上。

清代以来，始终存在诗人学问化的转变，诚然，方东树称许“诗人之诗”的自然天成，气势奇伟，“学者之诗”相较于“诗人之诗”来说，形象思维不及后者，郭绍虞也认为前者“与雅近而与风远”。但是，任何文学体格都立足于其时的社会政治经济环境，“诗人之诗”昌鼎之时所倚靠的盛世社会根基已不复存在，一味强求“诗人之诗”，无法复归到那种特定环境下的真实感受，清初虞山诗派尝试用“真晚唐”取代明七子“伪盛唐”即有此意。方氏认为，明代以李梦阳、何景明为首的“前七子”及王世贞、李攀龙为首的“后七子”非但不能作“真诗”，反而会出现庸俗乏味的客气虚假之“诗人之诗”，这种“诗人之诗”表面看来似有盛唐之象，实则藏伪存虚，难见真情。另一方面，方东树也十分厌恶某些“学者之诗”中絮谈陈旧性理，好立文字，称之为“堕学究腐套”。在《书林扬觶》中，他也引欧阳修之语来佐证“立文字是学人一通病”：

> ……后之学者，各持好胜之心，务欲掩人而扬己，故不止正其所失，虽其是者，一切易以己说，欲尽废前人而自成一家，此学者之大患也。①

“学者之诗”的弊端确实不可否认，然而，“学者之诗”正流中所高扬的以儒家经世致用思想为主体的政治伦理，意在维护政治的稳定，力图挽救社会的衰落，确是与桐城派所遵循的由理学家继承下来的“宋学”一派儒家思想相吻合的。清代进入中后期，融通交汇的人文精神也启迪着当时所有的诗人学者。在方氏心中，折中“诗人之诗”与“学者之诗”的理想状态应是达到“能志庄、佛，兼取白、坡意境，而加以杜、韩，必成大家，非他人所知矣”②的佳境。

① ［清］方东树：《书林扬觶》，同治十年望三益斋刻本，卷下第9页。
② ［清］方东树：《昭昧詹言》，汪绍楹校点，人民文学出版社1961年版，第241页。

总之,无论是唐诗还是宋诗,从中国古典诗歌的发展历程来看,唐宋两代事实上是一个不可分割的文学史整体进程。唐宋诗风的差异,实际上是表现为“诗人之诗”与“学者之诗”统摄于文人诗之下的两种基本范式。由以上论述可证,方东树将“诗人之诗”和“学者之诗”两种诗歌风格融合并重,无论是从批评层面还是创作层面,不惟符合其唐诗观的政教审美评价标准,也符合诗歌流变发展史中一脉相通的规律。

第二节 情韵与理致的融糅

唐诗重情,宋诗主理,此论调自严羽提出以后,便对后世论唐宋诗的学者产生了深刻的影响,明代杨慎在《升庵诗话》中有“唐人诗主情,去三百篇近;宋人诗主理,去三百篇却远矣”①之言,钱锺书也说:“唐诗多以丰神情韵擅长,宋诗多以筋骨思理见胜。”②我们对严羽该思想的出发点暂且不论,其对唐宋诗的整体风格认识还是与客观实际大体相符的。

而这里所论之理致,则并不局限于理学之理,而是与情相对,将概念扩大至带有世教哲思之理。我们说唐诗偏重于情韵,宋诗偏重于理致,这只是有关诗歌风格相较而言。而就朝代来看,唐人迷恋于言情,譬如飘逸如李太白、沉着如杜工部、清远如王摩诘,皆于诗篇中见真情,更遑论幽于情者如李长吉、深于情者如李义山、绵于情者如杜樊川。而且唐诗之情韵,带有更多的浪漫色彩,更趋于感性化,在盛唐名家作品里这一点表现得尤为突出,如王维、王昌龄的诗歌,情境高远,绵延不绝。

宋代诗歌较之唐代诗歌增加了理性因素,不过宋人并没有忽略诗歌“吟咏情性”的艺术特征,宋人在论文章时重道与理,但论诗并未废情,如“宋诗”核心诗人黄庭坚说“诗者,人之情性”,宋人黄裳也说“诗之所自,根于心,本于情性有所感,志有所通”,可见宋人也赞同性情乃是诗的根本,方

① [明]杨慎:《升庵诗话》,《历代诗话续编》,中华书局1983年版,第799页。
② 钱锺书:《谈艺录》,中华书局1984年版,第2页。

东树在其诗论中也不否认宋人诗作的情韵华妙，如欧阳修《归雁亭》一首：

荒蹊腊雪春尚埋，我初独与徐生来。城高树古禽鸟野，声响格磔寒毰毸。颓垣败屋巍然在，略可远眺临倾台。高株唯有柳数十，夹路对立初谁栽。渐诛榛莽辨草树，颇有桃李当墙隈。欣然便拟趁时节，斤锄日夕劳耘培。新年风色日渐好，晴天仰见雁已回。枯根老脉冻不发，绕之百匝空徘徊。顽姿野态烦造化，勾芒不肯先煦吹。酒酣几欲轰大鼓，惊起龙蛰驱春雷。偶然不到才数日，颜色一变由谁催。翠芽红粒迸条出，纤趺嫩萼如剪裁。卧槎烧蘖亦强发，老朽不避众艳咍。姹然山杏开最早，其余红白各自媒。初开盛发与零落，皆有意思牵人怀。众芳勿使一时发，当令一落续一开。毕春应须酒万斛，与子共醉三千杯。

方东树评析道：

情韵好，字密。细读数过，乃见情韵之妙，不似俗手作重复不通之言也。①

从宏观上看，宋诗相比唐诗理重于情。但是宋代诗人所作的不少作品，仍然继承了抒情传统，动情之作不在少数。甚至变革最巨的黄庭坚以及以之为代表的江西诗派，部分表现离愁别绪的作品，仍是采用传统的抒情方式，如黄山谷《红蕉洞独宿》：

南床高卧读逍遥，真感生来不易销。枕落梦魂飞蛱蝶，灯残风雨送芭蕉。永怀玉树埋尘土，何异蒙鸠挂苇苕。衣笐妆台蛛结

① ［清］方东树：《昭昧詹言》，汪绍楹校点，人民文学出版社 1961 年版，第 284 页。

网，可怜无以永今朝。

方东树评之：

此悼亡诗，以第二句为主。三四情景交融，切“宿”字，所谓奇词杰句者。后半只叙情而已。①

黄庭坚青年丧妻，其悲伤自不必说，虽然山谷平日诗作求与人远，甚至“枯促寡味”，但在面对妻子孙氏的去世，难以抑制的哀痛在诗中宣泄而出，言发于心，情深意切，颇有摇人心旌的感染力，丝毫觉察不到生涩瘦硬之感。方东树也指出全诗基本上都是诉说哀情。可见宋人诗作亦未尝不包蕴情韵，而苏轼、王安石对传统抒情方式留存得更多。

而唐人在以诗言情的同时，也不废以理入诗，唐诗并不乏富含哲思之篇章，方东树就说韩愈“义理层见叠出”，韩愈甚至在诗作中直抒理思，如《君子法天运》：

君子法天运，四时可前知。小人惟所遇，寒暑不可期。利害有常势，取舍无定姿。焉能使我心，皎皎远忧疑。

又如《谢自然诗》：

果州南充县，寒女谢自然。童騃无所识，但闻有神仙。轻生学其术，乃在金泉山。繁华荣慕绝，父母慈爱捐。凝心感魑魅，慌惚难具言。一朝坐空室，云雾生其间。如聆笙竽韵，来自冥冥天。白日变幽晦，萧萧风景寒。檐楹暂明灭，五色光属联。观者徒倾

---

① ［清］方东树：《昭昧詹言》，汪绍楹校点，人民文学出版社1961年版，第451页。

骇，踯躅讵敢前。须臾自轻举，飘若风中烟。茫茫八纮大，影响无由缘。里胥上其事，郡守惊且叹。驱车领官吏，氓俗争相先。入门无所见，冠履同蜕蝉。皆云神仙事，灼灼信可传。余闻古夏后，象物知神奸。山林民可入，魍魉莫逢旃。逶迤不复振，后世恣欺谩。幽明纷杂乱，人鬼更相残。秦皇虽笃好，汉武洪其源。自从二主来，此祸竟连连。木石生怪变，狐狸骋妖患。莫能尽性命，安得更长延。人生处万类，知识最为贤。奈何不自信，反欲从物迁。往者不可悔，孤魂抱深冤。来者犹可诫，余言岂空文。人生有常理，男女各有伦。寒衣及饥食，在纺绩耕耘。下以保子孙，上以奉君亲。苟异于此道，皆为弃其身。噫乎彼寒女，永托异物群。感伤遂成诗，昧者宜书绅。

不可否认的是，韩愈这种近乎散文的作诗方式带有一定的极端性，并不能完全代表大部分唐人的诗歌创作思路。固然，唐诗始终保有情韵绵延的诗学品性，不过其理致思考则由情感加以浸透而表现出来，形成理融于情、情理合一的诗歌风貌。沈德潜在《说诗晬语》中云：“杜诗‘江山如有待，花柳自无私’，‘水深鱼极乐，林茂鸟知归’，‘水流心不竞，云在意俱迟’，俱入理趣。”在中国古典诗学中，唐人诗歌中的一些篇章具有议论说理的意味，唐人说理，虽然也存在议论显露痕迹圭角的现象，后世却鲜有批评。究其原因，在于唐人多创新立意，有情韵包裹，警句迭出，其内在情感饱满，议论成分被诗中的主观感情色彩所掩盖，使得议论带有浓重的抒情色彩，不似宋人那般有枯瘦之感。如高适《古大梁行》：

古城莽苍饶荆榛，驱马荒城愁杀人，魏王宫观尽禾黍，信陵宾客随灰尘。忆昨雄都旧朝市，轩车照耀歌钟起，军容带甲三十万，国步连营一千里。全盛须臾哪可论，高台曲池无复存，遗墟但见狐狸迹，古地空余草木根。暮天摇落伤怀抱，抚剑悲歌对秋草，侠客犹传朱亥名，行人尚识夷门道。白璧黄金万户侯，宝刀骏马填山丘，年代凄凉不可问，往来唯见水东流。

方东树评之：

起二句伉爽。“魏王”二句衍。“忆昨”四句推开。“全盛”句折入。“暮天”句入己。以下重复感叹，自有浅深，而气益厚，韵益长，反复吟咏，久之自见。①

高适所作诗歌多尚质主理，词从意出，于浑厚雄壮之情韵彰显深刻思索的题旨与理性内涵。该诗中，高达夫寓感慨于写景，体现出豪健挺举、深沉悲凉的兴亡之叹，在读者的反复吟咏中，方见怀古念今之理思，从而领悟到其现实意义，这种借由怀古而发哲理思考的作诗方式在进入晚唐之后更见其忧患悲凉。因此可见，唐人一些初衷在言情的篇章，其理性内涵是借助接受者由情至理的感悟而生发出来的，在情韵翩然的唐诗世界中，理致同样寻绎到了恰当的存在方式。

故而，方东树对唐人诗作和宋人诗作，都能够秉持相对客观的态度进行评析。方氏虽然“为义理学”颇深，但对诗歌究竟是言情还是述理的问题上，与道学家迂腐的论调断然不同，有着清醒的认识，在其诗论著作《昭昧詹言》开篇就说：

夫论诗之教，以兴、观、群、怨为用。言中有物，故闻之足感，味之弥旨，传之愈久而常新。臣子之于君父、夫妇、兄弟、朋友、大时、物理、人事之感，无古今一也。故曰：诗之为学，性情而已。②

---

① ［清］方东树：《昭昧詹言》，汪绍楹校点，人民文学出版社1961年版，第247页。

② ［清］方东树：《昭昧詹言》，汪绍楹校点，人民文学出版社1961年版，第1页。

方东树对唐宋诗作的情韵与理致怀有折中态度，诚然诗教论说引导了千百年的诗论，然而方氏认定“兴观群怨”是为用，性情乃为体，诗是“性情而已”，可见将论诗根柢依然放在了“情”上。他又说：

> 诗道性情，只贵说本分语。如右丞、东川、嘉州、常侍，何必深于义理，动关忠孝，然其言自足自有味，说自己话也；不似放翁、山谷矜持虚骄也，四大家绝无此病。①

方东树列举王维、李颀、岑参、高适四人，肯定他们的诗出于性情，并直言诗作不必过于絮谈义理，动辄关乎忠孝，这样反而丧失了诗有别于文的独特审美特性，因此他反感陆游、黄庭坚某些“矜持虚骄”的以文为诗的诗作。

虽然桐城派以文论诗传统久矣，并且桐城文论多有谈及义理，但诗歌作为能集中精炼地表达性情的文学体裁，情韵的作用需要得到确认和强调。早在刘勰，就有“人禀七情，应物斯感，感物吟志，莫非自然”②的重要论断。沈德潜也曾有“议论须带情韵以行”③之语。可见，方氏所期待的融糅情理的理想诗歌境界，应是诉情为主，而不废理致，裨使诗篇有诗人味道，富情韵则“闻之足感”，有理致而“味之弥旨”，达到“传之愈久而常新”的境界。

第三节　阴柔与阳刚的互补

诗歌风格历来分阴阳二端，唐诗与宋诗亦不例外，桐城派诗论家敏锐

---

① ［清］方东树：《昭昧詹言》，汪绍楹校点，人民文学出版社 1961 年版，第 330 页。

② ［梁］刘勰：《文心雕龙》，范文澜注，人民文学出版社 2006 年版，第65 页。

③ ［清］沈德潜：《说诗晬语》，霍松林校注，人民文学出版社 1998 年版，第 249～250 页。

地看到了诗歌中阴柔阳刚诗风各自的利弊。姚鼐从文学基本的审美规律出发,在刘大櫆以“雄逸”论文的基石上,将古典文论中纷繁的艺术风格与审美特征概而括之,分别出阴柔与阳刚两大基本类型,其古文理论具有明显的诗论化色彩。他在《复鲁絜非书》中有言:

> 天地之道,阴阳刚柔而已。文者,天地之精英,而阴阳刚柔之发也。①

他在《海愚诗钞序》中更进而强调,文章中阴柔与阳刚两类审美风格需要兼而有之:

> 阴阳刚柔,并行而不容偏废。有其一端而绝亡其一,刚者至于偾强而拂戾,柔者至于颓废而阁幽,则必无与于文者矣。②

我们认为,除却方东树对桐城派师承的习染的直接来源,如若上溯思想史,方氏阳刚阴柔两种审美特征互补的会通诗论观点可能有两个理论来源。首先是中国古典哲学中的宇宙生成论与构成论中对阴阳的阐释,阴阳二气是循环往复、无止无息的运动,从而确立了天地间生生不息的规律,《周易》里就有“一阴一阳谓之道”的说法,而更接近桐城派思想的理学诸家哲学的观念,可能对其启发更多。理学宗师周敦颐就说:“太极动而生阳,动极而静,静而生阴,静极复动。一动一静,互为其根,分阴分阳,两仪立焉。”③张载也说:“其阴阳两端,循环不已者,立天地之大义。”④从哲学上讲,道之阴阳作用于人,则形成刚柔不同的性格禀赋。

---

① ［清］姚鼐:《惜抱轩诗文集》,刘季高标校,上海古籍出版社 1992 年版,第 93 ~ 94 页。

② ［清］姚鼐:《惜抱轩诗文集》,刘季高标校,上海古籍出版社 1992 年版,第 48 页。

③ ［宋］周敦颐:《周子通书》,上海古籍出版社 2000 年版,第 48 页。

④ ［宋］张载:《张子正蒙》,王夫之注,上海古籍出版社 2000 年版,第 96 页。

其次是中国古典文学艺术理论中对两种基本审美特征和艺术风格的区别划分，刘勰也在《文心雕龙》的《体性》篇有“才有庸俊，气有刚柔”的论点，认为主体自身气质的刚柔能够形成作品的不同风格。《文心雕龙》是最早涉及以“刚柔”论文学风格的著述，只是由于这是首次把“刚柔”从哲学范畴引入文学审美领域，尚不成熟，难以做出系统而翔实的剖析。唐代张怀瓘《六体书论》有“夫物负阴而抱阳，书亦外柔而内刚”的论断，这是将哲学定义上的阴阳概念与书法艺术的刚柔体势联系在了一起，应当说，文学艺术的不少规律都是相通相关的。因此在对先师姚鼐的文论进行总结之后，方东树进一步在诗论中认为理想的诗作应是阴柔与阳刚的互补，单有阴柔，或单有阳刚，偏废一方均难以达到文学创作上理想的境界。

方东树赓续姚鼐的刚柔理论，并在其诗论体系中加以发扬，他曾举例说：“《秦风·小戎》，典制闺情并举而不相害，可以识古人之体例。大约古人之文，无不是直底，后人都要曲，曲则不能雄，但非直率无运转耳。”①又称：“文法高古硬札。其起处雄阔，擘头涌来，不可端倪；其接处横绝，恣肆变化，忽来忽止，不可执着，所以为雄。”②“雄”即阳刚一派风格，方氏适应桐城派以文论诗的传统，力图将阴柔与阳刚两种诗风进行互补，从而完善其“熔铸唐宋”的诗学理论。

方东树十分欣赏唐诗的阳刚之美，他曾大为褒奖元稹《唐检校工部员外郎杜君墓系铭》中的论断：“微之曰：‘壮浪纵恣，摆去拘束，模写物象。’此语最好。”③从其诗论多处看来，方氏反感晚唐、南宋诗歌纤弱阴柔之风，崇尚“巨刃摩天”“光焰万丈”的阳刚之美。譬如通论七律时云：

> 起句须庄重，峰势镇压含盖，得一篇体势。起忌用宋人清侧

---

① ［清］方东树：《昭昧詹言》，汪绍楹校点，人民文学出版社 1961 年版，第 27 页。

② ［清］方东树：《昭昧詹言》，汪绍楹校点，人民文学出版社 1961 年版，第 33 页。

③ ［清］方东树：《昭昧詹言》，汪绍楹校点，人民文学出版社 1961 年版，第 212 页。

之笔，如放翁“早岁那知世事艰”，须以为戒；而以“高馆张灯酒复清”“风急天高猿啸哀”等为法。震川论《史记》，起势来得勇猛者圈。杜公多有之。……结句要出场，用意须高大深远沉着，忌浅近浮佻凡俗。①

以杜诗的阳刚之美为贵，尤其指出宋诗多阴柔之“清侧之笔”，无论是起句还是结句，都须忌用阴柔凡俗之句。结合具体诗作来看，如杜甫《发刘郎浦》：

挂帆早发刘郎浦，疾风飒飒昏亭午。舟中无日不沙尘，岸上空村尽豺虎。十日北风风未回，客行岁晚晚相催。白头厌伴渔人宿，黄帽青鞋归去来。

方东树评价道：“短章远势，在用意及接顿起伏，欧、王、山谷无此雄壮。”②从阳刚一面对宋人不及唐人进行了批评。

方东树强调“诗以豪宕奇恣为贵”，他认为：“古之诗人如太白、子美、退之、子瞻四公，含茹古今，侔造化、塞天地，如龙象蹴踏，如蛟螭蟠拏，当之者莫不战掉眩慄、色变心死。”③然而，细细体察方氏诗论却又有别意，他在评杜甫又称其“叙事能叙得磊落跌宕，中又插入闲情”④，显然是对唐诗中以阴柔补缀阳刚之美的赞扬。

而在论兴象之时也表达了对诸种柔美清新风格的喜好，方东树说：

---

① ［清］方东树：《昭昧詹言》，汪绍楹校点，人民文学出版社 1961 年版，第 377 页。

② ［清］方东树：《昭昧詹言》，汪绍楹校点，人民文学出版社 1961 年版，第 268 页。

③ ［清］方东树：《考槃集文录》，《清代诗文集汇编》，上海古籍出版社 2010 年版，第 311 页。

④ ［清］方东树：《昭昧詹言》，汪绍楹校点，人民文学出版社 1961 年版，第 237 页。

或疾雷怒涛，或凄风苦雨，或丽日春敷，或秋清皎洁，或玉佩琼琚，或櫹椮寂寥，凡天地四时万物之情状，可悲可泣，一涉其笔，如见目前。①

除了“疾雷怒涛”属于阳刚之美，其余诸种阴柔审美风格的列举，可见方东树对诗歌中阴柔一面亦是欣赏的。但是，诚如姚鼐所言，阴柔与阳刚自须“并行而不容偏废”，若偏于阴柔，则堕入轻俗。方东树也认为晚唐诗家之作正是由于过于工巧，失去阳刚之气，审美价值大为削弱。

在唐诗史上亦早就存在阳刚与阴柔的正变，如在初唐之时，“上官体”继续了六朝诗风，在永徽、龙朔年间将柔美曲婉之风发展到一个新的高峰，而几乎同时出现的“四杰体”则力图打破齐梁诗体旧制，建立气魄雄伟的全新体格，恢复积极入世的气象，由此可见方东树调和阴阳的祈愿具有诗史基础。在评价黄庭坚时，方东树也批评他未能学得杜、韩“乾坤摆荡”的阳刚沛然气势，只养成“苦涩惨淡”之阴柔之意味。这证明方氏对阴阳调和的看重。

不过，刚柔相济互补的诗论理想在现实中并不是阴阳相等，即阴柔与阳刚两部分在诗作中绝不可能理想化地互占一半，现实诗篇中的情况往往或偏于阴柔，或偏于阳刚，也正是阴柔与阳刚组合比例的差异，构成了唐宋诗歌风华多姿的诗体类别。因此，方东树试图在诗论中促进阳刚与阴柔的互补，也是试图以雄伟阳刚为主，而以曲宛阴柔补之，使其不致过分严峭苦涩，力求达到“百炼钢化为绕指柔”的唐宋通融意境。

折中的思维方式贯穿桐城文学思想架构始终，以方东树为代表的桐城诗派讲究情韵与理智的融糅，以及阴柔与阳刚的互补，这种会通唐宋的折中诗学精神对后世的价值在于，以一个相对客观中立的视角体察文学论题，即使各自所持价值观、所维护对象不尽相同，但采取不取偏颇，不走极

① ［清］方东树：《昭昧詹言》，汪绍楹校点，人民文学出版社 1961 年版，第 23 页。

端,尽可能吸收包容各家观念的理性态度,才能推动文学以尽量趋近和谐的状态不断向前进步。儒家推崇的“中庸”状态正是这种思维方式的精炼表达,而之所以说是折中的意望,是在于这种思维方式真正落实在实践中,总会有不同程度的偏离与反复,甚至在方东树本人身上都存在理论与创作的不一致,但我们依然不能不加以坚持。其蕴含的价值不仅仅体现在文学上,在哲学、美学、社会学等方面无疑都有其启示意义。

第五章　方东树唐诗观在清中期诗坛的意义

方东树所沿革创变的唐诗评点方法与内容不单对确立桐城诗论的整体结构发挥了重要作用，更值得注意的是，其唐诗论所展示出的诗评模式、诗学原理均在一定程度上呈现出有别于前人的构架面目。清代诗坛各派人物众说纷纭，神韵、格调、性灵、肌理诸家分疆别垒，而经由方东树所完善的桐城诗派则于乾嘉各诗论派系中独树一帜。

第一节　方东树对格调论的吸收与改造

郭绍虞在《中国文学批评史》中认为方东树的诗论属于"肌理说的余波"，并说"因此种诗论与翁氏肌理之说同样都受当时（考据）学风影响"①，而将方氏诗论纳入肌理说之下，其实不然。首先，翁方纲受宋诗影响较多，主张以学问为诗，肌理说提倡学人之诗，而方东树固然受理学影响，但他反对"文字好用经语"，痛斥堕理少情之诗，褒扬"诗道性情"，明确并重诗人之诗与学者之诗，明显不与肌理类同。其次，受乾嘉时代考证学派的影响，翁方纲提倡用考证金石的治学方法来写诗，以考据为诗，不重视反映现实，而方东树恰恰多次申明诗歌要对社会生活加以映射，也与肌理说截然不同。关于郭氏之论，在袁行霈《中国文学史》中似亦可找寻出些许"旁证"，书中认为"翁方纲用'肌理'一词来论诗，包括义理与文理。义

① 郭绍虞：《中国文学批评史·下卷》，百花文艺出版社1999年版，第552页。

理为‘言有物’，指以六经为代表的合乎儒家道德规范的思想与学问；文理为‘言有序’，指诗律、结构、章句等作诗之法。”①这与方东树诗论思想多有相像。而早在翁方纲之前的桐城宗师方苞已然提出“义法”之说，他先于翁氏即认为：“义即《易》之所谓‘言有物’也，法即《易》之所谓‘言有序’也，义为经而法纬之，然后为成体之文。”②从义理义法这一点而言，若舍桐城之本而取千里外之末，似未可取。

透过诗家观点的外在形式探究内在关联，我们注意到，从方东树的唐诗观考察，沈德潜与方东树同属儒家诗道正统观念的积极捍卫者，两人的诗学观也颇有相近之处，观方东树的唐诗论说，从刘大櫆那里上溯，格调说与之确有承接关系，实际上，在清中期诗坛性灵、格调互为攻讦的背景下，方东树主要通过对沈德潜诗论的继承与改造，来平亭冲突，并突显自己的理论特点。

沈德潜对明七子与云间派宗唐论调的接受，投射在其格调诗论中，即为十分清晰的崇尚盛唐气象的态度，晚清朱庭珍在《筱园诗话》中就说沈德潜“持论极正，持法极严……袭盛唐之面目”。③ 沈氏在《唐诗别裁集·凡例》中有“诗至有唐，菁华极盛，体制大备”④之语，然而经过明代崇唐宗宋两派反复争辩后，处于清中期的沈德潜摆脱了明七子以来的森严的门户习气，已不再片面强调营垒对立，沈氏对其所崇扬的唐诗有一定批评，对所贬责的宋诗亦不乏褒赏，体现出一定的思辨精神。

方东树延续了该思想，他同样嘉誉唐诗特别是盛唐之音，前文方氏对太白等家的评议已可充分体察，尤其在其唐诗批评理论中选取王维、李颀、高适、岑参、崔颢、崔曙、祖咏、张谓诸家作为盛唐代表诗家进行评骘，并给予了较高评价，如认为辋川“奇姿远韵”，有“境味警策之妙”，东川“意兴超

---

① 袁行霈：《中国文学史》（第四卷），高等教育出版社2008年版，第320页。

② ［清］方苞：《方苞集·又书〈货殖传〉后》，刘季高校点，上海古籍出版社2008年版，第58页。

③ ［清］朱庭珍：《筱园诗话》，《清诗话续编》，上海古籍出版社1983年版，第2364页。

④ ［清］沈德潜：《唐诗别裁集》，中华书局1975年版，第3页。

远""色相华美",祖咏"有澄清之志"。不过方东树对盛唐诗歌并非不加辨识地一味推崇,他对盛唐之后的诗风,也并未采取完全黜抑的态度,方氏在诗论里引严羽《沧浪诗话》中语:"盛唐人诗,亦有一二滥觞晚唐者。晚唐人诗亦有一二可如盛唐者。"①表达其论诗态度不唯独尊盛唐,而是站在辩证角度上,认为不论是盛唐还是晚唐诗歌,只要与高远雄健、丰美自然的气格相符皆可取之。他又引后七子领袖王世贞《艺苑卮言》中语:"衰中有盛,盛中有衰,各各含机藏隙。盛者得衰而变之,功在创始。衰者得盛而沿之,弊在趋下。"②方东树对王元美的说法是表示赞同的,盛唐诗歌未必尽是盛世之音,中晚唐诗作也未必全为衰微之调。

在论析具体诗人诗作时,方东树能够看见盛唐之后诗家的可取之处,在论中唐诸家时,他遴选刘长卿、韦应物、韩翃、李益、皇甫冉、钱起、卢纶、李嘉祐、李端、刘禹锡、杨巨源、王建、窦叔向、白居易十四家为中唐代表,赞赏刘文房"奇警突兀妙极",钱仲文"真朴自然,不减盛唐王摩诘"③,白乐天"起得突兀老气,挥斥奇警,可比杜公矣"④。将钱起与王维相提,将白居易与杜甫并论,由此可见,方东树在面对唐代各期诗歌的态度在一定程度上有对格调论的承袭,体现出其较为客观辩证的诗学理念。

正如上文所言,沈德潜不仅对唐诗赞誉有加,对宋代以后诗人中有唐韵气象者亦不吝褒赏。沈氏对宋诗的评价虽然不高,他认为宋诗在整体上看多纤佻卑靡,却并非像前人如云间派蒋平阶等人那样不加分别地简单粗暴地拒绝宋诗,相反,沈德潜在其诗论中对一些宋代诗家譬如苏轼、陆游等评价较高,沈氏在《说诗晬语》中对苏轼、陆游等人诗作虽有正面评价,其

---

① [清]方东树:《昭昧詹言》,汪绍楹校点,人民文学出版社 1961 年版,第 494 页。

② [清]方东树:《昭昧詹言》,汪绍楹校点,人民文学出版社 1961 年版,第 483 页。

③ [清]方东树:《昭昧詹言》,汪绍楹校点,人民文学出版社 1961 年版,第 426 页。

④ [清]方东树:《昭昧詹言》,汪绍楹校点,人民文学出版社 1961 年版,第 432 页。

目的并不是为了彰示宋人对唐诗的反拨，而恰恰是想要明示东坡、放翁等家对唐诗的承继关系。他欣赏东坡“笔之超旷”，称其是“韩文公后，又开辟一境界也”①，赞扬陆游“上追少陵”，“殊有独造境地”，在批评黄庭坚与陈与义“神理未浃”的同时，又能够肯定他们“风骨独存”，宋代之后他还欣赏元好问“犹有唐人遗韵”，因而晚年专取苏、陆、元三人编定《宋金三家诗选》，其在《明诗别裁集》《清诗别裁集》选择诗作的标准上也多选取近似唐音之作。

高华丰伟的气格是沈德潜选诗的重要准则，在崇尚这种气象的同时，方东树又能够接受沈氏含蓄顿挫的体势，沈德潜要求诗作须有“比兴互陈，反复唱叹”的“蕴藉”之妙即是此谓。方东树不喜平铺直叙，意尽于言，他所要求的“倒折逆挽”“浑脱沉转”正与沈德潜“反复咏叹”的蕴蓄论调两相呼应。方东树一再强调的含蓄蕴藉的审美观念折射在其体格论中，一定程度上也表现为倒转逆折之章法，他认为：“诗文贵有雄直之气，但又恐太放，故当深求古法倒折、逆挽、截止、横空、断续、离合诸势。”②意即以横截之法控制诗作雄直气势的发露，达到含蓄的标准。沈德潜同样有“诗贵性情，亦须论法”的论断，而何为章法，确士认为：“所谓法者，行所不得不行，止所不得不止，而起伏照应，承接转换，自神明变化于其中。”③两者的承继关联十分明显。与此同时，沈德潜虽然也在其诗论中论及性情，但是沈氏诗作却被后人认为性情流于虚假。在这一点上，方东树多次强调性情须贵真立诚，对沈德潜有所改造。

方东树对待宋诗的观点与沈德潜有较为相似之处，方氏摒弃唐宋门户界限，从整体的诗学观分析宋诗之弊在于句意过巧，反而失之流滑，并直言

---

① ［清］沈德潜：《说诗晬语》，霍松林校注，人民文学出版社 1979 年版，第 233 页。

② ［清］方东树：《昭昧詹言》，汪绍楹校点，人民文学出版社 1961 年版，第 222 页。

③ ［清］沈德潜：《说诗晬语》，霍松林校注，人民文学出版社 1979 年版，第 188 页。

“南宋以后，古文之传绝，七言古诗，遂无大宗”①，诗论中也仅选寥寥数家，但是他在指出有宋诗风不足的同时，也在其诗学理论里表达对诸如苏轼、黄庭坚、欧阳修、王安石等宋代诗家符合其审美标准的风格的赞誉。对于苏轼，他认为东坡一方面“空旷奇逸”“神完气足”，这种乘云御风的仙品之感恰如太白高妙诗风，且又能变其面目；另一方面认为苏轼“遒转奇纵”“顿挫沉郁”，承于杜韩气格。如东坡《过江夜行武昌山上闻黄州鼓角》一诗：

> 清风弄水月衔山，幽人夜度吴王岘。黄州鼓角亦多情，送我南来不辞远。江南又闻出塞曲，半杂江声作悲健。谁言万方声一概，鼍愤龙愁为余变。我记江边枯柳树，未死相逢真识面。他年一叶泝江来，还吹此曲相迎饯。

方氏点评道：“‘谁言’句用杜精切。”②又如《雪浪石》：

> 太行西来万马屯，势与岱岳争雄尊。飞狐上党天下脊，半掩落日先黄昏。削成山东二百郡，气压代北三家村。千峰右卷矗牙帐，崩崖凿断开土门。朅来城下作飞石，一炮惊落天骄魂。承平百年烽燧冷，此物僵卧枯榆根。画师争摹雪浪势，天工不见雷斧痕。离堆四面绕江水，坐无蜀士谁与论。老翁儿戏作飞雨，把酒坐看珠跳盆。此身自幻孰非梦，故园山水聊心存。

方氏点评云：“‘老翁’句用退之。”③方东树又分析黄庭坚源自杜、韩，

---

① ［清］方东树：《昭昧詹言》，汪绍楹校点，人民文学出版社1961年版，第232页。

② ［清］方东树：《昭昧詹言》，汪绍楹校点，人民文学出版社1961年版，第300页。

③ ［清］方东树：《昭昧詹言》，汪绍楹校点，人民文学出版社1961年版，第306页。

并且其不少篇目“大笔如椽，转折如龙虎”，“实具雄远壮阔之意”，颇见雄浑壮丽之风，确符沈德潜所誉之诗学风尚。

此外，沈德潜虽然赞许陆游，乃是针对其高志人格而言，对陆游诗作则认为“神完气厚之作，十不得其二三”。同样，方东树在对宋代诗家的品评中对陆游也评价不高，甚至比沈德潜的态度还要贬抑，态度更为激进。他直接就认定“余最不喜放翁”，称其过于“客气浮浅”，“多无谓而强为之作，使人寻之，不见兴趣天成之妙”。① 也就是说，陆游诗背离了方东树所标举的发乎自然的唐风雅韵。诗贵自然，无论是拟古还是求新，造作勉强断得好诗不得。如陆游《游诸葛武侯书台》：

沔阳道中草离离，卧龙往矣空遗祠。当时典午称猾贼，气丧不敢当王师。定军山前寒食路，至今人祠丞相墓。松风想像梁甫吟，尚忆幡然答三顾。出师一表千载无，远比管乐盖有余。世上俗锦宁办此，高台当日读何书？

方氏评云：“放翁但爱题目，无诗而强作之，故不妙。下下。‘定军’二句，凡情凡语。‘松风’句没奈何。‘出师’句更可笑。”②称其诗非自然流露而作，牵强为之，从而致使“不妙”“可笑”，诗作落“下下”之俗章。如此尖锐的批评在方东树意图熔铸唐宋的诗论中不为多见。虽说方东树“最不喜放翁”，但是方氏也并未完全否定放翁之诗，对陆游《长歌行》一诗以“压卷”二字褒评，就可见方东树对该诗的称道。值得注意的是方氏对《自雪堂登四望亭因历访苏公遗迹至安国院》一诗的点评。诗云：

我醉飞屐登孱颜，拄杖出没风烟间。三山葱昽鲛鳄静，九关

① ［清］方东树：《昭昧詹言》，汪绍楹校点，人民文学出版社 1961 年版，第 329 页。

② ［清］方东树：《昭昧詹言》，汪绍楹校点，人民文学出版社 1961 年版，第 336 页。

肃穆虎豹闲。几年金骨炼绿髓，此日始得穷跻攀。老仙归侍紫皇案，空有野水流淙潺。蜿蜒翠阜围绿野，似岭非岭山非山。向来龙蛇满雪壁，雷电下取何时还？名花亦已天上去，居人指似题诗处。九十一翁不识公，我抱此恨知无穷。

方东树评曰：

起二句叙。“三山”二句死。“几年”二句支赘；然删之，接下句不得。此类杜公无之。此是才不足。然又有事外之妙。“老仙”二句，归宿点题，“蜿蜒”二句，本可接“风烟闲”下；“向来”二句，本可接“老仙”二句下，易置乃见章法之妙。“名花”二句，事外远致，棱也。收二句又一事外，妙。满纸奇纵之气，快妙真似坡公。①

方东树以文论诗，指明其诗有死句、支赘之句，是为不足之处，不过从整体来看，删去又会使章法不顺，同时又肯定其“有事外之妙”，并从具有审美意味的“棱”之独特角度考量，欣赏其句有“事外远致”。由此可见方东树对勉强虚假之作的坚决反对态度，而又能在诗作中慧眼识珠，不至于全盘否定。沈德潜虽然也说诗贵真情，但是后世诗论家却评价其诗作并非真情，因而，从对陆游的评价上看，这也是从另一个方面对沈德潜诗作客气之风的纠正。

众所周知，沈归愚之“格调”既强调“格高”，也注重“调响”。所谓“格高”，体现在审美层次上，其一是崇高壮丽的审美体验，正是唐音之体现，其二是中正平和的审美风格，言明要节制情感，如前篇所述，其三是诗作表达思想要合乎礼义，遵循诗教，坚决排斥庸情俗感、艳词秾句。进一步来说，

① ［清］方东树：《昭昧詹言》，汪绍楹校点，人民文学出版社 1961 年版，第 337 页。

这种强调关怀世俗、温柔敦厚的思想经过方东树的过滤增益后，则趋于向经国济民、反映社会的方向转化，更有补于世道人心。方东树对沈德潜诗论的改造更可以看作力挽道统的文人诗家希冀重新确立诗歌文化传统精神。方东树不仅要求诗作的气格要高，针对诗歌创作主体的诗人同样要求“格高”，方氏有言：“大约胸襟高，立志高，见地高，则命意自高。”①这正与人格诗格合一的儒家文化传统相应。

沈德潜受乾隆赏识，老来登居庙堂，时与帝王和诗，自然不可能常言民生疾苦叨扰乾隆，诗歌内容更多的是光风霁月、谢恩戴德之作，即便有关民生的诗作也不忘称颂帝王。他在《海灾行》中说：“方今圣人爱苍赤，普天捐复俾安宅。海疆一角偏受灾，日昃九重抱饥溺。”②在《救饥行为家椒园侍御作》中有“宫中圣人广诹询，救焚拯溺切乃身”③之句。因此沈德潜之“高格”实则并不高，其难以直言时弊与其所处政治位置有密切关系。方东树则不同，他一生屡试不中，辗转数省，亲历内外交患，于民间所见所闻无不触目感怀，这就对其正视儒家文化传统精神在诗歌中的反映起到重要的促进作用。如果说吟咏山水花草即为“格高”，那么此种高格处在清中期由盛转衰的转捩点上则显得与时局格格不入，这种“格高”非但不能体现诗学的进步意义，反而会麻醉文人心灵，古往今来诸如玉树、霓裳数见不鲜，教训深刻。在这一点上看，方东树对沈德潜诗论思想的改造尤为深刻。

而格调论的另一层面“调响”，是沈德潜试图使诗乐相合，使诗歌声律规范，音调响亮，韵脚得当。声律音响自古即为诗法要端，降至清代因古音学兴起，格律之说从而成为专门之学。诗歌的文化内涵由字义与字音分别承载，就字音声调而言，抑扬有度、平仄调谐是其理想境界，恰当的格律大大有利于诗歌的审美表现。对格律的专业论说起于南朝，沈约、谢朓、王融

---

① ［清］方东树：《昭昧詹言》，汪绍楹校点，人民文学出版社 1961 年版，第 381 页。

② ［清］沈德潜：《归愚诗钞》，《续修四库全书》，上海古籍出版社 2002 年版，第 342 页。

③ ［清］沈德潜：《归愚诗钞》，《续修四库全书》，上海古籍出版社 2002 年版，第 337 页。

等发起的永明声律说，提出四声八病之论；成熟于唐代，沈佺期、宋之问将诗歌的格律以固定程式规范下来。儒家对诗教中的音律要求素来悠久，荀子有“乐中平，则民和而不流；乐肃庄，则民齐而不乱”之断语，《左传》亦云：“五声和，八风平，节有度，守有序。”可见儒家对诗歌音乐美的理想追求是达到中正和平、节度有序，从而感民动化，有益稳定社会秩序，熏育道德礼教。可以说沈德潜的“调响”与“格高”所要达成的目标相仿，依然是力求使诗歌回归传统的儒家文化精神。而方东树也非常看重声律音调对诗歌的意义。沈氏云：“诗以声为用者也，其微妙在抑扬抗坠之间。读者静气按节，密咏恬吟，觉前人声中难写、响外别传之妙，一齐俱出。”①方东树同样推尚“调响”，他在论律诗时就强调“声响律切高亮”是一大准则，在诗论中特地提出对声调音响的见解：

> 音响最要紧。调高则响。大约即在所用之字平仄阴阳上讲，须深明双声叠韵喜忌，以求沈约四声之说。同一仄声，而用入声，用上、去声，音响全别，今人都不讲矣。②

方东树认定诗歌“音响最要紧”，并直言“调高则响”，与沈德潜何其相似。他还具体分析诗歌中须知晓双声、叠韵的运用，若需用仄声，则上、去、入三声虽皆属仄声，却各有区别，所能表现的思想感情各有不同，不可混用，但今人全都不注意细致考察声调的选用，颇为遗憾，可见方氏意在寻回传统的诗歌格律。方东树受学刘大櫆以声响议“神气”之说，也同沈德潜一样，俱欣赏并追求诗歌格律声韵的响亮，而清响的声律也正与高华的气格相匹配，两者殊途同归，他们共同的指向即为儒家正统高雅的审美特色与中正敦厚的世教旨归。

---

① ［清］沈德潜：《说诗晬语》，霍松林校注，人民文学出版社 1979 年版，第 187 页。

② ［清］方东树：《昭昧詹言》，汪绍楹校点，人民文学出版社 1961 年版，第 378 页。

在具体作品评析中，前文方东树评王昌龄《箜篌引》诗有“商调抗坠”之言，中国古代音律有五音十二律之说，商调属“宫、商、角、徵、羽”五音之一，也是七音中处于核心地位的五正声，《礼记·乐记》记载：“故歌者上如抗，下如队。”“抗”指音色清亮；“队”同“坠”，指声响浊重。沈德潜力主诗乐合一，方东树也将音乐的理论概念纳入诗歌格律的评价体系当中。王龙标《箜篌引》一诗如下：

卢溪郡南夜泊舟，夜闻两岸羌戎讴，其时月黑猿啾啾。微雨沾衣令人愁，有一迁客登高楼，不言不寐弹箜篌。弹作蓟门桑叶秋，风沙飒飒青冢头，将军铁骢汗血流。深入匈奴战未休，黄旗一点兵马收，乱杀胡人积如丘。疮病驱来配边州，仍披漠北羔羊裘，颜色饥枯掩面羞。眼眶泪滴深两眸，思还本乡食牦牛，欲语不得指咽喉。或有强壮能咿嚘，意说被他边将雠，五世属藩汉主留。碧毛毡帐河曲游，橐驼五万部落稠，敕赐飞凤金兜鍪。为君百战如过筹，静扫阴山无鸟投，家藏铁券特承优。黄金千斤不称求，九族分离作楚囚，深溪寂寞弦苦幽。草木悲感声飕飗，仆本东山为国忧，明光殿前论九畴。麓读兵书尽冥搜，为君掌上施权谋，洞晓山川无与俦。紫宸诏发远怀柔，摇笔飞霜如夺钩，鬼神不得知其由。怜爱苍生比蚍蜉，朔河屯兵须渐抽，尽遣降来拜御沟。便令海内休戈矛，何用班超定远侯，史臣书之得已不？

从文本上看此诗讲述一名唐代边塞番将虽为唐王朝征战多年，“为君百战如过筹”，立功显赫，“家藏铁券特承优”，最后却反遭仇人诬害，发配边州，倾诉一场沉潜悲郁的生活经历，悲戚哀怨之情油然而生。元代燕南芝庵所著《唱论》中有“商角唱悲伤宛转”“商调唱凄怆怨慕”之语，指出了情感类型与宫调类型间的关系，商调适合表达悲凄幽怨之情。由该诗观之，诗歌表现内容情感与音乐格律合而为一，有不同凡响的艺术效果，故而方东树欣赏该诗“自有奇气”。方东树对其他诗篇议格律声调之论亦不乏佳论，如评王维《出塞作》一诗云："此是古今第一绝唱，只是声调响入云霄。"①该诗如下：

居延城外猎天骄，白草连天野火烧。暮云空碛时驱马，秋日平原好射雕。护羌校尉朝乘障，破虏将军夜渡辽。玉靶角弓珠勒马，汉家将赐霍嫖姚。

韵脚字为骄、烧、雕、辽、姚，在陈彭年、丘雍等著《广韵》中，骄、烧、姚属下平声四宵韵，雕、辽属下平声三萧韵，在刘渊《平水新刊韵略》中皆属下平声二萧韵，均为开口音，这些字韵发音洪亮，圆润动听。不光如此，全诗用字也十分讲究，诗中多有开口声调用力之字，如外、天、白、草、马、好、羌、校、朝、障、将、靶、角、汉、家、将等字同样声响清亮，读来朗朗上口，意境开阔。能够在一首诗中如此集中地用响韵，该诗不愧被誉为"声调响入云霄"。对摩诘《桃源行》还有"浮声切响"之论。又如杜甫《赠田九判官》一诗：

崆峒使节上青霄，河陇降王款圣朝。宛马总肥春苜蓿，将军只数汉嫖姚。陈留阮瑀谁争长，京兆田郎早见招。麾下赖君才并入，独能无意向渔樵。

方氏评曰："此诗音响采色俱壮。"②以此观之，方东树确实褒赏高壮响亮的声韵调律，从声调格律的方面也延续发展了格调论。

总之，以拥有儒家正统为思想核心的桐城家学与师承的积淀为前提，如方苞以"义法"论文，刘大櫆以音调论"神气"，姚鼐以"刚柔"论诗等，在

---

① [清]方东树：《昭昧詹言》，汪绍楹校点，人民文学出版社 1961 年版，第 389 页。

② [清]方东树：《昭昧詹言》，汪绍楹校点，人民文学出版社 1961 年版，第 408 页。

此基础之上，方东树不但在感情上趋向沈德潜，也在实际著论中吸收格调论。他对待诗学观念不符合儒家中正诗学规范的态度更加排斥，更加坚决地支持脱胎于沈德潜的中正平和之论，极力强调诗歌必蕴真情，力戒虚情。而讲求诗歌须反映时政，则是对沈德潜的着力改造。不过方东树也并非仅取格调一家之言，他对神韵说、肌理说也皆有所采纳，这也能够表现清中期以后诗家倾向会通各派的诗学发展走势。

第二节　清中后期唐宋诗之争的渐趋消融

唐宋诗之争涉及诗学的所有层面，它已不仅是单纯的不同诗学宗向归属、不同诗歌创作流派、不同诗论批评思维间的论争，而是扩散开来，成为具有广泛意义的学术之争。而方东树对桐城诗论的创变完善使得这场长时间延续的论战逐渐趋向消融。

早在宋代之时，唐宋诗之争就已经初见端倪，可以说是宋代尤其是南宋各诗派互相排斥的划界立派开启了唐诗、宋诗之争。有学者指出，从北宋开始，文学创作和批评中辨体与破体已有论争，前者坚持文各有体的传统，主张遵循文体的规制；后者则要求打破文体界限，力求诗文的融合，此即为唐宋诗之争的先声。学者诗风倾向的形成应自欧阳修始，北宋后期，黄庭坚、陈师道等“以故为新”，“以议论为诗”，自成江西一体，对整个南宋诗坛影响重大，元代方回更是为江西诗派推出了“一祖三宗”的论断，以杜甫为江西标榜。而南宋后期。严羽崇尚盛唐之诗，赞扬盛唐诸家“言有尽而意无穷”，称北宋初期诗人师法盛唐亦有可观之处，但宋初之后的诗家就“止入声闻辟支之果”。严羽对宋诗的批判，是着眼于宋诗技巧化、学问化、议论化的，对江西诗派“以文字为诗”持贬斥态度。

严羽对明清两代的诗学思想有重要影响，到明代初期诗坛出现崇唐复古的思潮，高棅、李东阳崇唐抑宋，进一步发挥了严羽以盛唐为法的思想。李东阳毫不客气地认为：

唐人不言法，诗法多出于宋。而宋人于诗无所得。所谓法者，不过一字一句对偶雕琢之功，而天真兴致，则未可与道，高者失之捕风捉影，而卑者坐于黏皮滞骨，至于江西诗派极矣。惟严沧浪之论，超离尘俗，真若有所得，反复譬说，未尝有失。①

有明一代，尊唐之风几乎就是诗坛的主流，直至晚明诗界宗唐之风积弊渐深，方才“厌而学宋”。由明入清，唐宋诗之争的态势为之一变，可以江南地区为例概述，江南一带是清代诗界最为活跃的地域，诗家各辟蹊径，蔚为可观。顺治到康熙时期，诗坛整体以宗宋为主，而聚焦在江南诗界，清初钱谦益业已由宗唐而转向宗宋，并逐渐显现出唐宋并宗的诗论风貌，冯舒、冯班等共在虞山门下。原本排抑宋诗的云间派宋征璧等人转而亦对宋诗有所取法。浙派黄宗羲、吕留良大力提倡宋诗，吴之振、吕留良、吴自牧编选《宋诗钞》，以示“宋诗之长”。叶燮、汪琬、查慎行等同样倾向宗宋，这也体现了清初诗界历明代之后，整体诗学观念向“扬宋抑唐”的转化，其缘由与清代统治者尊尚理学，加强思想控制，以及当时诗界亟须转变风格之自我要求的关系自不必多说。不过吴伟业由明仕清，梅村一派尚且宗唐，这也可看作梅村对有明诗风延续到清代存在一种惯性的留恋。而康熙中后期以后，宗唐之风复归，北方主要体现在王士禛“神韵”主导文坛，而江南地区，秀水诗派朱彝尊注重才学，当时也宗唐贬宋，不过后期转而入宋。雍乾时期江浙复又尊崇宋诗，厉鹗为首的一批学宋诗人传承宋诗求新的创作方法，与之大约同时的沈德潜等又对宋诗热潮进行了反拨，以“格调”昭唐诗之工。乾隆中期，袁枚、赵翼、黄子云、薛雪等人皆以“性灵”为宗，崇唐与宗宋二派对峙的局面初见缓和。整体来看，不论南方北方，宗唐与宗宋二派一直处于此消彼长的状况中，直至乾嘉时期，姚鼐明确提出“熔铸唐宋”，为桐城诗派消融唐宋诗之争确立了基调。

---

① ［明］李东阳：《怀麓堂诗话校释》，李庆立注解，人民文学出版社2009年版，第27页。

由明代延续至清代的唐宋诗之争历经数百年仍旧纠葛不休，进入清中叶以后，特别是乾嘉时期，神韵、格调、性灵、肌理各家经过对前人的综合总结以及各自的深入研究，虽尚且各执一体，却已慢慢显露出不再有绝对激烈的门户对立，并且不少诗人的诗学宗向也存在改变转化的现象。而到桐城派的折中融糅，我们可以看见，自产生宗唐抑或宗宋的诗界讨论之后，诗学观点从一元主导，到二元对峙，而到多元渐融，再到达成共容统一的共识，形成兼有包涵他家的较为科学的诗学态度。纵观各家所阐发的诗学观念见解、所解决的诗歌创作问题、所拓展的诗论研究领域，反映出诗学与美学、哲学等交叉学科的相互影响，无不显示唐宋诗之争所应有的学术价值。

在唐宋诗之争发展进入清代以后，桐城派以前不少诗家虽然标榜兼采唐宋之论调，但往往仍然存在肯定宋诗、抬高宋诗地位之意，看待唐诗与宋诗两者尚高低有分。张少康就评价叶燮的诗学宗向："他虽然表面上不标榜门户，实质上是属于清初的宋诗派的。他对宋人学杜宗韩的偏向，对苏、黄诗风存在的问题是缺乏认识的，甚至是维护和支持这种倾向的。"①而演进到桐城诗派，方东树论诗未分唐宋，并不厚此薄彼，而是给予平等看待，这在诗史观上颇具辩证意味，也与唐宋两代的诗史事实相符。而以袁枚为首的性灵派所体现出的唐宋互通思想也在桐城派之前即有，但是在方东树看来，性灵说诗论中对儒家道统的反叛绝难以接受，是断然不能被一心肩担道统复兴重任的桐城派诗人所赞同的。方东树批评道："立夫伧俗，乃开袁简斋、赵瓯北、钱箨石等派，不可令流毒后人。"②方东树的唐诗论首要是保证反映道统文统，这对清中期逐渐内外交患的社会现状具有一定的积极意义，在诗歌内容上，不论是反映世情民情，还是表达对风物胜景的赞美，都须保证这一前提，这对因性灵而起的某些过于轻视传统的诗学走向起到抑制与警示作用。从诗歌内容和语言使用来看，方东树尤其反对性灵诸人

① 张少康：《古典文艺美学论稿》，中国社会科学出版社1988年版，第440～441页。

② ［清］方东树：《昭昧詹言》，汪绍楹校点，人民文学出版社1961年版，第342页。

不避陈词熟字，万手雷同，以至于文章内容格调轻卑浅俗。对此种弊端，方东树尤为诟病，这在清中叶诗坛同样具有积极意义。

桐城派论文要求义理、考据、辞章三者统一，论诗则主张熔唐宋于一炉。总体来看，桐城派的诗论文论均倾向于调和的思维方式，这正促使唐宋诗之争在桐城派，甚至直接可以说在方东树的倡议之后逐渐消融争端。为桐城派诗论贡献最力的方东树，就主张学诗宜唐宋兼融，而不必以酷肖一方为胜，他在《送张亨父序》中认为：

> 余尝谓唐以后诗人，以李、杜、韩、苏为四祖，作者以是为胚胎，学者以是为饷遗，究之得骨得髓，恒数十百年不遇一真。此昔人所以致慨于大雅不作也。……赏者咸谓其七言逼太白、东坡，五言逼少陵。要之，论诗正不必如此拘拘以形格相求，如人睡梦初起，苍黄不辨，乱道要指，适足为醒者笑耳。九方甄之相千里马，岂以毛色牝牡为辨识哉！①

在经过嘉庆朝与汉学家的争论后，汉学与宋学各自的优劣得到了较为客观的展示。这在一定程度上对方东树唐诗观乃至整体的诗学观的形成与成熟产生促进作用。虽不能说方东树站在完全中立的立场上，至少其在思想上更加接受博采众长的治学方法，映射在诗论中，从汉宋兼采到唐宋共融，也使其为桐城诗派完全确立了消融唐宋界限的诗学观。从另一个角度说，方东树与江藩的论战，在清中期反响强烈，也使其在文坛上得到了注意与重视，这就促使方东树在解决唐宋诗之争的发声上得到了更广泛的认同。

桐城派在清代影响范围之大，从时间和空间两个维度来说均是同时期其他文学流派望尘莫及的，桐城一派的文学主张能够直接左右文坛的发展

① [清]方东树：《考槃集文录》，《清代诗文集汇编》，上海古籍出版社2010年版，第257页。

走向。以方东树为中坚的桐城诗派,既在传统接受上推崇杜韩,并赞赏以杜韩为师的欧阳修、黄庭坚等宋诗代表,又对宋诗存在不少议论过直、哲理过露、文体过散的现象进行了批评,不过并未就此否定宋人作诗议论化、散文化对于诗歌艺术发展的积极功用。而方东树对待唐诗所展现出的歆赞态度更加引人注目,高远雄健的诗歌气格在嘉道时期已渐衰微,对唐诗高华壮丽体格的倡导,首先是方东树等桐城诗论家上接前贤而致的偏好,其次是桐城派试图在文学层面寻回正统盛世的局面,再次也可以看作有意对嘉道宋诗热潮的中和。诚然桐城诗派对宗唐诗人表达了不满,但这是基于七子拟古之弊病而言,唐诗雄壮开阔、自然多姿、情韵生动的诗风并不是方东树所贬黜的内容,相反,这恰是方氏所倍加推崇的诗学风貌。

所以,唐诗(更多的是盛唐诗歌)所主导的理想主义与宋诗所侧重的理性主义在日趋成熟的清代诗坛不必也不可偏废任意一方,桐城诗派择善而从的折中思想至方东树方完善增益,使得桐城派会通唐宋的诗论思想完全成熟。可以说在方东树之后清代唐宋诗之争渐见消弭,清代诗界逐步迎来唐宋共宗的思想调谐的时代。

第三节 延续桐城诗派理论道路的多重意义

方东树的唐诗观主要集中于《昭昧詹言》一书中,其中虽然多为评议感兴之语,但是具有多重意义,概而言之:

一是在诗论上延续了桐城诗派的刚健气质。桐城派以文派著称,但其诗派之名却不能不加以正视。事实上,清代桐城诗派的形成发展从钱澄之、方以智、方文之后分出两条理路。一条是从刘大櫆而下,刘大櫆诗以才恃,壮丽阔达,"雄豪奥秘"①,崇尚雄伟刚健的盛唐之气。刘大櫆为桐城诗派宗师。马树华《枞阳诗选定本序》称:

① 马其昶:《桐城耆旧传》,黄山书社1990年版,第324页。

> 国初田间钱先生经学文章，声名在天下矣。及海峰刘先生归老居之，以诗、古文辞导引后进，从之游者，多磊落英俊之士；先生殁后，私淑其教者，相继而起，风规未坠。①

马树华认为，从钱澄之到刘大櫆，引导了桐城当地诗文的前进方向。而姚莹《桐旧集》序文进一步认为，清代桐城诗派的宗师理应为刘大櫆：

> 康熙中，潘木厓先生是以有《龙眠风雅》之选，然犹未及其盛也。海峰出而大振，惜抱起而继之，然后诗道大昌，盖汉魏六朝三唐两宋以至元明诸大家之美，无一不备。海内诸贤谓古文之道在桐城，岂知诗亦然哉？②

近人黄华表同样认为："望溪终生未尝作诗，海峰始以诗教弟子。故桐城文派，推始于望溪，诗派则自海峰。"③由此可见，刘大櫆开拓清代桐城诗派一路，非一家之言。

另一条是从姚范而下，推重内敛的学人宋调，姚范尤为称赞黄庭坚戛戛独造之奇："以惊创为奇，其神兀傲，其气崛奇。玄思瑰句，排斥冥筌，自得意表，玩诵之久，有一切厨馔腥蝼而不可食之意"④。姚范一路，在桐城诗学理论中亦有重要地位，姚鼐深受姚范影响，固然主张"熔铸唐宋"，但最为欣赏的诗人依然是杜、韩、黄的"宋调"，即使称赞盛唐之音，也是倾向王、孟那种清新淡远的意趣，而非阳刚雄健的风格。后世如钱锺书就认为

---

① ［清］王灼：《枞阳诗选》，安徽省枞阳县地方志办公室翻印本，1987 年，第 1 页。

② ［清］徐璈：《桐旧集》，杨怀志、江小角、吴晓国点校，安徽大学出版社 2016 年版，第 1 页。

③ 黄华表：《桐城诗派道咸诗派诗案（上编）》，《新亚书院学术年刊》1959 年第 1 期，第 1～82 页。

④ ［宋］黄庭坚：《黄庭坚全集》，四川大学出版社 2001 年版，第 2518 页。

桐城诗派应自姚范始，“桐城亦有诗派，其端自姚南菁范发之”①，又称“惜抱以后，桐城古文家能诗者，莫不欲口噶西江”②，从而阐明了桐城诗派的构成人员为桐城派古文家，诗学以江西为尚，也就是偏向宋诗一路的观点。③

刘、姚两条诗学路径并行不悖。方东树一本姚门家法，但是从诗派内部而言，对唐诗风貌的趣尚使得其在学习姚范、姚鼐诗论的同时，又能够吸收刘大櫆的诗学主张。他认为：

> 近代真知诗文，无如乡先辈刘海峰、姚姜坞、惜抱三先生者。姜坞所论，极超诣深微，可谓得三昧真诠，直与古作者通魂授意，但其所自造犹是凡响尘境。惜翁才不逮海峰，故其奇姿纵横，锋刃雄健，皆不能及；而清深谐则，无客气假象，能造古人之室，而得其洁韵真意，转在海峰之上。④

这里很明显能看到，方东树认为姚鼐“清深”“洁韵”的风格在刘大櫆之上，也就是认为姚鼐诗风胜在阴柔一面，但是刘大櫆“奇姿纵横，锋刃雄健”的刚健之气则又在姚鼐之上。所以，方东树在其唐诗审美评价标准中屡次推重“雄直之气”，“以豪宕奇伟有气势为上”，“以豪宕奇恣为贵”，故而在诗论中褒扬震荡喷薄的唐诗审美，以中和阴柔的学者诗风，延续了桐城诗派的刚健气质。同时，他也在桐城诗派发展脉络中，将刘大櫆与姚范、姚鼐的两条诗学脉络统一起来，将“熔铸唐宋”的理论主张得到真正意义上的实现。

二是意在取法乎上，教习后学诗法，传承桐城诗学门径。方东树之后

---

① 钱锺书：《谈艺录》，商务印书馆 2011 年版，第 364 页。

② 钱锺书：《谈艺录》，商务印书馆 2011 年版，第 365 页。

③ 此处可参看叶当前《论桐城诗派的两条诗学路径》[《安庆师范大学学报（社会科学版）》2017 年第 5 期]一文。

④ [清]方东树：《昭昧詹言》，汪绍楹校点，人民文学出版社 1961 年版，第 46 页。

的吴汝纶就认为：

> 植翁《昭昧詹言》……启发后学，不在归评《史记》下，或乃谓示人以陋，此大言欺人耳。陋不陋，在学问深浅。学浅，虽诹经考史，谈道论性，未尝不陋。学深，虽评笃文字，记注琐语，亦自可贵。故鄙论尝谓植翁此书，实其平生最佳之作，视《大意尊闻》《汉学商兑》为过之。①

方东树本人作诗虽偏向学者一路，“他的诗写得比较沉重，多寒士困穷之语，缺少诗情画意，比较板实。其诗用典很多，有着学者之诗的特点，又生造词汇，显得凝而不化”。② 这与方氏的人生际遇有关，但是创作与理论往往并非一致，其创作成就远未达到其诗论高度，这里需要再次予以声明。

植之诗学理论上以唐诗为好的审美取向，是为了使得后来学诗者能够取法乎上，他深刻认识到：“南宋以来诗家，无有出李、杜、韩、苏四公境界，更不向上求，故亦无复有如四公者。”③对南宋以后的诗家基本持否定态度，又以李白为例贬责北宋西昆体：“李太白言他人之语，为春无草木，山无烟霞。可悟西昆诸公之句，即洞山禅所云‘十成死句’也。”④

那么，如何才是学诗正途呢？方东树认为唐人可法，如以王维《故人张諲工诗善易卜兼能丹青草隶顷以诗见赠聊获酬之》诗点评道：“古人无不成章之作，学诗先宜知之。”⑤又如王维《送崔五太守》：

---

① ［清］吴汝纶：《吴汝纶全集》，黄山书社 2002 年版，第 20 页。

② 陈晓红：《方东树诗学研究》，安徽大学出版社 2013 年版，第 100 页。

③ ［清］方东树：《昭昧詹言》，汪绍楹校点，人民文学出版社 1961 年版，第 5 页。

④ ［清］方东树：《昭昧詹言》，汪绍楹校点，人民文学出版社 1961 年版，第 21 页。

⑤ ［清］方东树：《昭昧詹言》，汪绍楹校点，人民文学出版社 1961 年版，第 244 页。

长安厩吏来到门，朱文露网动行轩。黄花县西九折坂，玉树宫南五丈原。褒斜谷中不容幰，唯有白云当露冕。子午山里杜鹃啼，嘉陵水头行客饭。剑门忽断蜀川开，万井双流满眼来。雾中远树刀州出，天际澄江巴字回。使君年纪三十余，少年白皙专城居。欲持画省郎官笔，回与临邛父老书。

方氏评云："学其对仗警拔。"①这些评点都在强调学习唐诗的要领法门。可见，方东树宣示其唐诗观的一大目的就是示人以学诗之轨辙，其唐诗观的意义也正在于此。

三是以其评点之学与选本之学共同构建起桐城诗派的理论构架。以文而言，桐城诸家好以评点来表现自己的治学主张，如姚鼐有《左传评点》《汉书评点》《庄子评点》《文选评点》《礼记评点》《易经评点》等，吴闿生汇编刘大櫆、姚鼐、曾国藩、吴汝纶、吴闿生五家《诗经》评点本，又辑吴汝纶《桐城吴先生点勘文选》等；又试图以选本阐发其文论倾向，其中以姚鼐《古文辞类纂》最为著名，又如方苞辑《古文约选》，戴钧衡、方宗诚辑《国朝桐城文录》，萧穆辑《国朝桐城文征》，王先谦、黎庶昌《续古文辞类纂》两种等将桐城文法加以显扬，对桐城派传承作用深远。方东树即认为"姚姬传先生纂辑古文辞，八家后于明录归熙甫，于国朝录望溪、海峰，以为古文传统在是也"②，以表明桐城派接续唐宋文脉传统的合法性。桐城文派还将选本与评点结合起来，李承渊《校刊古文辞类纂后序》称：

桐城老辈，如方望溪侍郎代果亲王所为《古文约选》，刘海峰学博所为《唐宋八家文约选》，均用圈点，学者称之。姚先生承方、刘二公之业，亦尝示学者前辈批点可资启发，即所纂此书，不

① ［清］方东树：《昭昧詹言》，汪绍楹校点，人民文学出版社1961年版，第245页。

② ［清］方东树：《考槃集文录》，《清代诗文集汇编》，上海古籍出版社2010年版，第235页。

但评注数有增加，而圈点亦随时厘订，惜往年无由得见耳。①

而桐城诗家同样认识到评点与选裁对于诗派的意义。一方面，桐城派门人编地方诗歌选本以揄扬乡人，如潘江《龙眠风雅》，王灼《枞阳诗选》，文汉光、戴钧衡《古桐乡诗选》，徐璈《桐旧集》，吴希庸、方林昌《桐山名媛诗钞》等；另一方面，又如刘大櫆《历代诗约选》《五七言古近体诗钞》《五言正宗》《七律正宗》《唐人万首绝句钞》，姚鼐《今体诗钞》，张裕钊《国朝三家诗钞》，吴闿生《晚清四十家诗钞》等以选本的形式试图表达自己的文学主张或塑造桐城名家在文学史上的地位。

从桐城派诗文点评之学与选本之学的传统回到方东树这里，前人已有定论，《昭昧詹言》本非单独写作成书，而是以若干前人选本所收诗作为批评对象，加以点评批注，后又删改汇辑为一书。汪绍楹在此书《校订后记》中写道："《昭昧詹言》是方东树晚年著作，他所根据的选本，主要是王士禛《古诗选》（闻人倓笺本）、姚鼐《今体诗钞》，并参以刘大櫆《历朝诗约选》《盛唐诗选》《唐诗正宗》等。"②这篇后记虽然有些观点尚有商榷之处，但此处叙述足堪征信。尤其应当注意到，方东树对刘大櫆相关诗歌选本中的盛唐诗风倾向多有借鉴，将方东树在《昭昧詹言》中所评诗作与相关选本的诗作篇目相对照，也具有明显的一致性。这样一来，《昭昧詹言》就将点评之学与选本之学贯通起来。进一步说，方东树的唐诗观正是建立在选本点评的基础之上，从而接续了桐城前人评点、选本二法，为桐城诗派打下了较为完整的诗论体系。

总之，方东树从唐诗批评出发，发扬桐城诗论，在当时诗学流派大潮之中巩固了桐城一派。从外部而言，他承认沈德潜"格调"说的合理性；从内部而言，他以唐诗的阳刚之音赓续桐城诗学观念，又以唐诗高格启发后学，

---

① [清]姚鼐：《古文辞类纂》，胡士明、李祚唐标校，上海古籍出版社 1998 年版，第 1～2 页。

② [清]方东树：《昭昧詹言》，汪绍楹校点，人民文学出版社 1961 年版，第 539 页。

在评点唐诗中组织桐城诗学批评理论。吴汝纶《姚慕庭墓志铭》认为："桐城……至姚郎中乃以诗法教人，其徒方植之东树，益推演姚氏绪论。"①吴汝纶认为桐城诗学自姚鼐之后，其正统继承者实为方东树，表明了方东树在桐城诗派中一灯相传的重要地位，而其唐诗观更从多重维度呈示出独特意义。

① ［清］吴汝纶：《吴汝纶全集》，黄山书社2002年版，第213页。

结　语

唐诗接受史贯穿古今，从唐代本朝即有发轫，唐人结合自身趣味及时代环境有侧重有针对地选择不同类型的唐诗入集就已见其对唐诗的接受倾向，如殷璠《河岳英灵集》、高仲武《中兴间气集》等，集内还附以批语进行品评。历代诗人学者皆有无数思考和论述，在对唐诗的认识理解及因此生发的各家诗论体系上都打上了各自不同的鲜明的时代烙印。后世诗论家对唐诗的批评接受早已不是单纯为宗唐诗而论唐诗，“明清以后，选诗加评成了通例，不但选者加，后人还要追加；不但加评，还要加圈加点，这就形成了一门新的学问——评点唐诗。评点不同于一般的评论，它专为某首诗的鉴赏而发，从总体风格到一字一句的解析均可涉及，体会上自然要深细得多”。① 所谓与由“我注六经”而到“六经注我”相仿，他们正是通过品评唐诗的种种意味，来诠释表明自己的诗学观念、文艺观念，甚至更高层次上的经国济民的理想。桐城派诗论家也不在例外，以诗鸣世、以诗传道、以诗成派是桐城派诸人穷尽平生之力所要达成的理想状态。

有清一代，桐城派在文学界声名显赫，自明末已有先声，由明入清，在戴名世、方苞、刘大櫆、姚鼐创派立宗之后，桐城派作为独具风范的地域家族文化体派，富有深广的家学与师承关系，几乎影响了整个清代数百年的文学走向。被大多数人熟知的是桐城派在古文创作及理论上的成就，而桐城诗派的价值却被掩盖在其光辉之下，实际上，桐城诗派对清代中后期的

① 陈伯海：《陈伯海文集》，上海社会科学院出版社 2015 年版，第 606 页。

诗坛的影响亦是举足轻重的。程秉钊在《国朝名人集题词》中即认为:“论诗转贵桐城派,比似文章孰重轻。”可见其地位与桐城文派难分高下。方东树正是桐城诗派的中坚力量,他不仅位列“姚门四杰”,巩固了桐城派的地位,并且秉承了桐城派素来奉尚的宋明理学之思想精髓,完善了“古文文法通于诗”的诗论方法,展示了“别有能事”的诗学审美观,更重要的是继续发扬并增益了姚鼐“熔铸唐宋”的折中诗学构想,吸收改进神韵说、格调说、肌理说、性灵说等各家诗学理论,汇诸家于一炉,不啻为清代中叶集诗学之有成者,对清中晚期诗学发展如之后的同光体更有相当的指导作用。

方东树的诗学多有学者进行研究,而其唐诗观的理论价值却很少有人进行总结,在其独特的折中思想引导下,方氏的唐诗论值得注意。首先即为“古文文法通于诗”的唐诗体格理论,桐城派以文论诗有其理论基础,诗歌的章法与古文的章法虽未能完全等同起来,但其同源异出的内在联系决定两者确实在很大程度上可以互通。而其遵守的古文文法,韩愈在《题欧阳生哀辞后》有言:“愈之为古文,岂独取其句读不类于今者耶?思古人而不得见,学古道则欲兼通其辞,通其辞者,本志乎古者也。”①可见立意必要合于“古道”,即圣人之道、儒家千年传承之道统,方东树所向往的是在诗歌中完美体现的诗学艺术精神与诗人植根于道统的人生艺术精神的相通。要正确充分地表述儒家道统,则要“通其辞”,方氏认为要“深求古法”,以“古法”彰显“古道”,融于唐诗论意即掌握有规范可循的章法布局,可以使得诗作在表现创作者思想内容时有更佳的展示。不过章法布局的把握最重要的是不能拘泥死法,方植之曾有“文法奇变”之语,诗歌章法布局的灵活运用也正是方东树唐诗论优劣评判的重要标准之一。而仅通晓章法还远远不够,还要求言之有物。何以言之有物?则诗人诗作需要立诚,言诗人本心之声,立诚则有物,有物即可更好地阐释诗道。由文入诗,贯彻道统、合乎章法、言之有物三者环环相扣,再加以典故隶事的合理运用,这就

---

① [唐]韩愈:《韩昌黎文集校注》,马其昶校注、马茂元整理,上海古籍出版社1986年版,第304页。

是桐城诗论在体格上对唐诗的诗学批评观念。

在对唐诗的内容体格作出评价后,对唐诗审美特色的评骘是方东树唐诗论中又一重要方面。方东树论诗的特色是频繁使用富于审美旨趣的诗学范畴,而能够最集中地体现方东树唐诗审美特点的是其以妙、力、气三个层面论诗。众所周知,以"妙"论诗古已有之,对"妙"内涵的解释更是五花八门。究其原因在于,其与中国古典诗学对审美类型的感知性和顿悟性认识相呼应。与他人不同的是,方东树论唐诗之妙从棱、汁、兴象三个审美概念着手,这样就将原本虚无缥缈,未能具以名状的"妙"落在了实处,此种论"妙"的形式别开生面。而造棱须用力,唐诗所代表的有唐一代经过盛世而衰,诗风也不仅包蕴盛世诗歌的壮阔开阖之力,还涵括忧国忧民的沉郁顿挫之力,唐诗的力度也是其他朝代诗歌无法比拟的。用力又须有气贯穿,方东树认为气有人之才气与诗之元气之分,他要求反映到诗作中的气既要首尾连贯,又要有所节制。从这一点也能够看出他折中的诗论观念。而妙、力、气三者融糅,正将方东树的唐诗审美观烘托出来。从其推崇的具体诗风类型来看,他首先崇尚雄壮辽远之感,其次是要体现自然之美,其三是重视纵横曲折的审美风格,这三种风格正是妙、力、气共同作用的产物。

相对于对肌理等其他体派的继承,方东树对格调论有更相似的承袭。方氏论诗的本质在于肯定并表现性情,这种至真至诚之情根植于人性深处,在强调"诗贵性情"的同时,方东树也讲求性情须合于儒家义理传统。方东树对儒家诗论的道德化倾向作出新的解释,他排斥以诗直接说理,这种毫无趣味的文学形式甚至都难以称为诗,因为缺少了诗歌所最重要的"诉情"的内容。因此方氏力图在唐诗"载道""言志"与表现情韵的审美特征两者间寻找到一个相对的平衡点,尽可能兼及儒家诗教的道德要求和实际创作中感性内容的地位存在。不过相比沈德潜,方东树最为不同的改进即为强调社会时政现实的反映与否是唐诗优劣的重要评判标准。

从格调派诗论,再到唐宋诗之争一路考察下来而到方东树那里,可以总结出方氏诗学的审美评判标准有三:其一是标举雄健恢弘、江海万里的闳肆气象,以太白为代表;其二是强调清新伉爽、翩然奇逸的自然境界,以王、李、高、岑为代表;其三是重视纵横跌宕、曲折沉郁的顿挫风格,以工部、昌黎为代表。这三者都必须有诗外余味之妙,着力创意造言,避落熟字陈词,有真情实感,戒客气虚意,达到气格高远的境界,在前人认识的基础上有了更为科学和理性的诗学认识。

方东树的唐诗观,并非只是从单纯的唐诗评判角度考量,他晚年著《昭昧詹言》的意图就在于教导启发学诗后人习得诗之正法,这就不难解释方东树固然推尚李白奇逸诗风,却又要求以法度节制约束。正是因为太白才高气奇,难以捉摸,初学者把握不当,容易误入歧途,须慎重修习其高妙文法。方东树良苦用心亦有可见。纵观唐诗接受发展以及唐宋诗论争的历程,清中期唐宋兼容的诗学思潮逐渐形成,这正明确反映在了桐城诗派"熔铸唐宋"的诗论主张上。我们并不会否认,从诗学进步角度考察方东树的诗论观念,因承自前人诗选观念体制,确有较为保守的一面,但方氏意图打破唐与宋、诗歌与古文、诗学与理学的壁垒,从时代、体裁、学科多层面进行会通的思想确有十分积极的意义。

总而言之,在前有云间、神韵、虞山、梅村众派,中有格调、性灵、肌理诸说,后有同光、汉魏六朝各体的诗学潮流中进行观察,纵览方东树的唐诗观,其意义不只是在清代诗学各家纷纭的背景下,其诗评模式、诗学审美、诗学原理上均已呈现出具有鲜明特色的结构面貌,更重要的是以评点与选裁唐诗为桐城诗派完成了一个全面的诗学典范体系,集诸家之论,汇桐城一派,在清代学术倾向总结整理的时代特点下彰显了独特价值。

附录一　“何意百炼钢，化为绕指柔”摭谈

西晋大将刘琨有诗《重赠卢谌》，诗中连用十个典故，抒发自己为国出力的志愿和事业经受挫折的痛苦，揭示了个体生命在绝境中的悲哀与求生的欲望，寓意深长，婉而有味。其中最为著名的即为“何意百炼钢，化为绕指柔”二句。

宋人祝穆《事文类聚·别集卷十六性行部》载：“晋刘琨为段匹磾所拘，自知必死，为五言诗，赠其故吏卢谌。末云‘何意百炼刚，化为绕指柔’。琨诗托意非常，远想鸿门白登之事，用以激谌，谌素无奇略，以常辞酬和，殊乖琨心。”刘琨作此诗，意在激励卢谌设法搭救自己以共建大业，然而终究未能如愿，惨遭屠戮。明代王世贞在《艺苑卮言》也说：“余每览刘司空‘岂意百炼刚，化为绕指柔’，未尝不掩卷酸鼻也。呜呼越石已矣，千载而下，犹有生气。彼石勒段磾，今竟何在？”

纵览文学史上对这两句诗的接受演变，颇为有趣，大致可以分为四类。

一是从刘琨这首诗本义上看，“何意百炼钢，化为绕指柔”指自己曾经胸怀大志，纵横疆场，如百炼精钢，但如今落为阶下之囚，只能委曲软弱。只有失路多难的人，才能够有这种切身感悟。曾经的豪气干云，面临死亡不得已委软如泥，鸟之将死其言也哀，乃人之常情。而基于这种对刘琨其诗本义的认识，后世大多或自身或友人在人生失意之时，借以抒怀。李白《留别贾舍人至》（其一）：“大梁白云起，飘摇来南洲。徘徊苍梧野，十见罗浮秋。鳌抃山海倾，四溟扬洪流。意欲托孤凤，从之摩天游。凤苦道路难，翱翔还昆丘。不肯衔我去，哀鸣惭不周。远客谢主人，明珠难暗投。拂拭

倚天剑,西登岳阳楼。长啸万里风,扫清胸中忧。谁念刘越石,化为绕指柔。”黄庭坚《山谷外集》卷五《古意赠郑彦能》:“金欲百炼刚,不欲绕指柔。石羊卧荒草,一世如蜉蝣。丝成蚕自缚,智成龟自囚。竹箭天与美,岂愿作嚆矢。匏枯中笙竽,不用系墙隅。土偶与木偶,未用相贤愚。革辙要合道,覆车还不好。木讷赤子心,百巧令人老。”

但是,我们应当追问,是何种压迫导致这种人性不得已流出,这种压迫往往是由不合法的蛮横强权导致的。《明儒言行录》称杨爵:“先生气节高天下,皆从学问涵养中来,所以能濒死不回,久而愈厉,苟徒恃其血气之勇,其不为百炼刚,而化绕指柔者几希。”杨爵为陕西富平人,为嘉靖时监察御史,正当百官歌颂盛世之时,他毅然上书:“今天下大势,如人衰病已极。腹心百骸,莫不受患。即欲拯之,无措手地。方且奔竞成俗,赇赂公行,遇灾变而不忧,非祥瑞而称贺,谗谄面谀,流为欺罔,士风人心,颓坏极矣。”在封建专制的政治体制下,直接说出如此言辞,可见其勇气。而上书的结果可想而知,“世宗览疏震怒,立下诏狱拷掠,血肉横飞,死而复苏。所司请送法司拟罪,帝不许,命严锢之。狱卒以帝意不测,屏其家人,不给饮食,屡濒于死。主事周天佐、御史浦鋐上疏解救,先后杖死狱中,自此无敢言者。”历经如此残忍虐待,为他说情的官员直接被乱棍打死,后杨爵又经几释几囚,在如此严刑拷打之下,竟然能够屡次起死回生,终年五十七岁,不能不说气骨之弘毅。面对不公与残暴,人们应当有刚正强项之骨,即所谓的铮铮铁骨。

二是用来描绘以武器为主的金属器具,伴随诗歌接受的流变,对“何意百炼钢,化为绕指柔”的理解,后世往往也取字面义,如白居易《李都尉古剑》:“古剑寒黯黯,铸来几千秋。白光纳日月,紫气排斗牛。有客借一观,爱之不敢求。湛然玉匣中,秋水澄不流。至宝有本性,精刚无与俦。可使寸寸折,不能绕指柔。愿快直士心,将断佞臣头。不愿报小怨,夜半刺私仇。劝君慎所用,无作神兵羞。”韦应物《寇季膺古刀歌》中也有“知君宝此夸绝代,求之不得心常爱。厌见今时绕指柔,片锋折刃犹堪佩”句。清代汪仲洋《咏剑》:“绕指柔须百炼刚,夜深谁令露光芒。才从季札除豪气,忽为荆轲动热肠。锻冶不缘人可否,磨硎权与世低昂。延津莫化飞龙去,冷落无因七宝装。”

清代梁同书《铁画歌》:“石炭千年鬼斧截,阳炉夜锻飞星裂。谁教幻作绕指柔,巧夺江南钩锁笔。”用来描写芜湖铁画能够将百炼坚钢化为丹青水墨。清代阮元《咏铁拄杖》:“瘦蛟飞舞蛰龙愁,六尺铮铮敌佩钩。曾伴古仙登葛岭,合依衰将住并州。气寒断不因人热,骨重何能绕指柔。若是乐全生日铸,已随铜狄较春秋。”用来描写铁制拐杖。陈师道《后山诗注》卷一《次韵答学者四首》(其四):“太阿无前锋不缺,鈆刀不堪供一切。至柔绕指刚则折,善而藏之光夺月。”这首诗从反方向提出至柔绕指,善而藏之,采用了道家柔能克刚的说法。

值得注意的是,咏物诗很多情况下并不仅就物论物,更多的是由物及人,因此就与第一种含义有了一定的重叠,但是要区分开来,这就在于后者将刘琨原义实化,从而使得意义丰富起来。白居易《杏园中枣树》:“君爱绕指柔,从君怜柳杞。君求悦目艳,不敢争桃李。”贯休《山居诗二十四首》(其十七):“慵刻芙蓉传永漏,休夸丽藻鄙汤休。且为小囤盛红粟,别有珍禽胜白鸥。拾栗远寻深涧底,弄猿多在小峰头。不能更出尘中也,百炼刚为绕指柔。”钱起《赋得池上双丁香树》:“得地移根远,交柯绕指柔。露香浓结桂,池影斗蟠虬。黛叶轻筠绿,金花笑菊秋。何如南海外,雨露隔炎洲。”朱彝尊《明诗综》卷八十五亦有《咏蒲扇》:“世间物性初无定,百炼刚成绕指柔。何似萑蒲经织后,能将九夏变三秋。”

三是坐实物体。古代相传有十大名剑,其中有剑名为“鱼肠”。鱼肠剑究竟为何物?一说是剑身花纹如同鱼肠,《梦溪笔谈》说:“鱼肠即今蟠钢剑也,又谓之松文。取诸鱼燔熟,褫去胁,视见其肠,正如今之蟠钢剑文也。”一说是剑身柔软,但极其锋利,《淮南子·修务训》说:“夫纯钩鱼肠之始下型,击之不能断,刺之不能入。”专诸以鱼肠剑刺吴王僚,这才引出吴王阖闾登基,任用伍子胥扫灭楚国的霸业。而后者可能更加具有传奇色彩,试想,一柄集柔与刚的矛盾体,如果能够穿过千年历史重现世间,该是何等奇观。明代钱希言《剑荚·硎采篇》中记载:“国朝雁山季公为水部郎,董夏镇河工浚河获鱼肠剑一把,其剑柔可绕腰数匝,如带围然,翁中丞得之,近余邑徐司空仲孙亦藏有绕指柔剑，疑即古鱼肠矣。”这就是绕指柔的实体化。

而清代刘岳云《格物中法》中的记载则更具有现代科学精神：“沈括《笔谈》‘百炼不耗’乃刘琨诗所谓‘何意百炼钢，化为绕指柔’也。今钟表发条即是此种，以是知古人已有发条，即可制为自行之器，其性甚柔，淬之则坚。”我们常见的钟表发条恰如绕指柔，但是发条只能弯曲，无法伸直。

值得注意的是，有几本文献都记载了同样一件事。明代陈仁锡《潜确类书》中记载：“平望湖在兴化北，湖中有冈阜古冢，土人偶发之，得一剑，屈之则首尾相就，放手复直如故，出则铮铮有声，刃可斩铁，金开禧中，统兵官高大捷得之，曰：‘此古之绕指柔也。’”明代李承勋《名剑记》载：“扬州兴化平望湖中一剑，屈之首尾相就。”清代赵宏恩《（乾隆）江南通志·舆地志》载：“平望湖，在兴化县北二十里，湖中有平冈，可四望，故名。按古志云，湖中高阜有古墓，人每得陶器，制甚古，又得一剑，屈之首尾相就，识者曰‘此即绕指柔也’。”清代张岱《夜航船·兵刑部》也有“绕指柔”词条：“绕指柔。平望湖中掘得一剑，屈之则首尾相就，放手复直如故，锋芒犀利，可断金铁，识者曰‘此古之绕指柔也’。”

兴化位于江苏中部，现属泰州，春秋战国时期为吴楚争夺之地，明代人发掘出的这柄宝剑是否就是鱼肠，不得而知。吴地水乡，温婉曲柔是其特殊的地域风格，恰如绕指柔，然而吴人又有其坚韧的一面，这柄“绕指柔”剑在吴地产生，又在吴地重现，这种轮回令人着迷。

四是进入文学理论领域，文学家们也倾向于用刚柔这一对具象概念来解释两种截然相反的抽象的艺术审美风格。《唐宋诗醇》卷三十六评苏轼《百步洪》（其二）就说：“叠韵愈出愈奇，百炼刚化为绕指柔，古今无敌手，此篇与前篇合看，益见其才大而肆。”东坡《百步洪》两首韵字一致，前者写百步洪水势壮阔：“有如兔走鹰隼落，骏马下注千丈坡。断弦离柱箭脱手，飞电过隙珠翻荷。”此四句用连缀比喻极尽水势之盛。后者百炼精钢锋芒一转，反倒化出绕指柔情佳人，然而归来清笛，复归现实。同时一气贯穿之下，诗中意象层见叠出，东坡有八面受敌之才力，千军万马踏冰而来，恰是

“四山眩转风掠耳”，惊心动魄之下，读者亦如同八面受敌，倏忽清光一道游刃重围，刀枪剑戟尽数解脱，诚是百炼钢化作绕指柔。

清人方东树《昭昧詹言》续卷四评老杜：“《暮归》起四句，情景交融，清新真至。后四句叙情，一气顿折，曲盘瘦硬。而笔势回旋顿挫阔达，纵横如意，不流于直致，一往易尽。是乃所以为古文妙境，百炼钢化为绕指柔矣。”亦是同理，方氏先议章法，再以气论之，一气贯穿却又不会流于顺平，乃是有力顿折回旋，以笔力御诗气，而力又不可过于生硬，天然生出而无用力之迹方为精妙，“曲盘瘦硬”为骨，“顿挫阔达”为肌，方为高妙。有力作支撑，以气为萦绕，天然共谐，可臻妙境。清人吴仰贤《小匏庵诗话》卷八：“歙县徐廉峰太史宝善，其论诗，谓必刚柔相济，诗之柔，莫如白，而其刚在骨。诗之刚，莫如韩，而其柔在骨。世之学韩白者，多失之。余谓，太史之论固妙，然谓白诗柔而刚在骨则可，谓韩诗刚而柔在骨则不可。骨既柔矣，复何所为刚？盖韩之刚而不入生硬者，所谓百炼刚化为绕指柔，非柔在骨也。”这里则更进一步解释了文学理论上的以刚化柔，即“刚而不入生硬”。

古人推而广之，又用其谈书法，方浚颐《梦园书画录》卷三：“字字宋法，笔笔晋韵，真所谓‘百炼钢成绕指柔’也。”何绍基《东洲草堂文钞》卷十二：“但有书理、画意、画情、画韵，其理与意、与情、与韵，又尚在可有可不有之间，至于理、意、情、韵，且可有可不有，则落笔时之超象外与天游，举平日使尽气力不离。故处者到此时，百炼钢化为绕指柔，且绕指柔化为丹汞，直是一点灵光透出尘楮矣。”葛嗣浵《庐书画补录续录别录》：“声山行书，由董入赵，极意开拓，得运腕之精，他人当之，煞费经营，声山若无事焉。此两幅披拂处尤觉，布展裕如墨彩烂然，亭亭袅袅，是百炼刚化为绕指柔矣，此书之以度胜者。”我们知道，但凡论书，必称“颜筋柳骨”，颜真卿雄强厚韧，柳公权刚劲挺正，然而是否一方绝然刚劲，一方绝然柔韧，显然并不是，真正的传世法书必是刚柔兼有之体。古人还用其谈画法，秦祖永《桐阴论画二编》上卷云：“陈仲醇继儒，学博才高，研精绘事，所见梅花册子，苍老浑古，理法双情，山水画幅，秀挺劲峭，神韵兼备，惟思翁松灵超逸之致，真如百炼刚化为绕指柔，非眉公所能及也。”清人沈宗骞《芥舟学画编》云：“寓刚健于婀娜之中，行遒劲于婉媚之内，所谓百炼钢化为绕指柔。”

中国传统文论与传统哲学往往难以割裂，不必说儒家“隐居以求其志，行义以达其道”，更不必说道家“天下莫柔弱于水，而攻坚强者莫之能胜”。以刚化柔、以柔克刚是传统哲学的精髓之一。在刘琨那里，慨叹“百炼钢化为绕指柔”是不甘心为柔，即柔为下，而到了文哲理论领域，显然柔为上，当然这并不是单纯之柔，而是百炼钢之后的绕指柔，是“寓刚健于婀娜之中，行遒劲于婉媚之内”，柔的内在依然是刚。这种审美观念一直影响中国人千百春秋，而我们从文艺理论回望哲学上的刚柔相济，恰恰又与中和思想遥相呼应，呈现出统一的风貌。以刚化柔、刚柔相济的文艺理论范畴对后世的影响，在于以一个相对客观中立的视角体察文学论题，即使各自所持价值观、所维护对象不尽相同，但采取不取偏颇，不走极端，尽可能吸收包容各家观念的理性态度，儒家推崇的“中庸”状态正是这种思维方式的精炼表达，这种价值不仅仅是文学所独有的，它蕴含的积极作用在哲学、美学、社会学等方面无疑都有其启示意义。

附录二　论君子文化视野下明清之际文人注杜潮流

明清之际，在政治、社会、学术诸方面变换更替的宏大背景下，诗学走向与文人士子的心路历程紧密扭结为一体。于彼时诗人心中，杜诗的内涵义蕴经过前代不断标举阐发之后，尤其与他们的精神心境两相契合，成为当时诗界推崇尊仰的共同选择，于是在时人校读、集解、考释、编年、评点、补正的过程中，继两宋之后，注杜在明末清初迎来了又一个高峰。值得注意的是，儒家传统中君子人格与君子精神形成一种独特的民族文化现象，“如果说……‘民族文化心理结构’是深层的、内在的，那么其外在表现或者说典型形态，就是最能代表中华民族集体人格的君子人格”①，以此为视角，君子文化在鼎革之时文人注杜风潮中融汇表现出尤为深邃沉郁的内涵，成为当时文人的心灵追求与情感内核。

一、诗中君圣：杜甫形象经典化的最终定型

少陵野老以诗著称，经后世不断标举被尊为“诗圣”，尤以明末清初为经典化的里程碑式时段。有学者认为：“千年以来，‘杜诗学’有两个高峰，一在宋代，一在清代。前者是起始，后者是集成，而明末清初则是一大转折。”②笔者认为，所谓清代作为杜诗学发展的第二个高峰，正是承继明清

---

①　钱念孙：《君子文化在传统文化中的地位和影响》，《学术界》2017年第1期，第118～124页。

②　刘重喜：《明末清初杜诗学研究》，中华书局2013年版，第1页。

之际陡然迸发的注杜潮流而继续深入的，所以明末清初应作为一个注杜高潮单独处理。在儒家伦理道德影响下，在文本经典化的同时，杜甫人格形象同样成为儒家传统文化中的经典君子代表，最终在明清之际得以最终定型。

宋代诸诗家推举老杜，杜诗地位逐渐升拔，乃有“千家注杜”之说。观两宋国势，始终被外族强邻虎视眈眈，在战事频仍的环境下，杜诗中忧国忧民的特点被放大呈现，成为宋人潜在的心理寄托。李纲《重校正杜子美集序》之语众所周知：“子美之诗凡千四百三十余篇，其忠义气节、羁旅艰难、悲愤无聊，一见于诗。句法理致，老而益精。平时读之，未见其工；迨亲更兵火丧乱之后，诵其诗如出乎其时，犁然有当于人心，然后知其语之妙也。”①从学术文化而言，宋人以儒学为核心，吸收释道各说，以理学名世，在理性思辨与伦理道德的不断追问下，对杜甫人格中忠爱特质的推崇达到了一个高峰：“赵宋以来，学者多自经业中觉悟，故谈诗者只喜少陵之忠爱，往往甲杜乙李。”②宋人喻汝砺也说：“少陵诗歌一千四百有余篇，考其志致，未尝不念君父而斯民是忧。……根于忠信孝弟，著于君臣、父子、夫妇、朋友。”③显示出宋人将杜诗与儒家道德伦理融合的思想观念，从杜甫人格到杜诗文本皆与儒家传统文化相契，大致说明了在宋人心目中，杜甫位于儒家文化体系内部的高尚地位。至金元之时，杜诗已然成为一个独立的学术研究对象，经元好问、刘辰翁等人衍发，正式成为专门的“杜诗学”。

“君子怀德”，儒家传统文化以“君子”命名具备高尚道德节操的贤哲志士：“所谓君子者，躬行忠信，其心不买；仁义在己，而不害不志；闻志广博，而色不伐；思虑明达，而辞不争；君子犹然如将可及也，而不可及也。如此，可谓君子矣。”（《大戴礼记·哀公问五义》）儒家君子理想境界所展现的精神实质，强调具有自强不息的独立人格品质，奋发坦荡的无畏开拓意

① ［宋］李纲：《李纲全集》，王瑞明点校，岳麓书社 2004 年版，第1320 页。

② ［明］邓世龙：《国朝典故》，北京大学出版社 1993 年版，第 1227 页。

③ ［宋］扈仲容、程遇孙：《成都文类》，《影印文渊阁四库全书》集部第 1354 册，台湾商务印书馆 1986 年版，第 759 页。

志，以及为国家、民族与理想忠诚奋斗的奉献精神。在儒家文化浸染下，朱熹在《王梅溪文集序》对君子人格形象进行了论述：

> 凡其光明正大，疏畅洞达，如青天白日，如高山大川，如雷霆之为威而雨露之为泽，如龙虎之为猛而麟凤之为祥，磊磊落落，无纤芥可疑者，必君子也。……既定于内，则其形于外者……于汉得丞相诸葛忠武侯，于唐得工部杜先生、尚书颜文忠公、侍郎韩文公，于本朝得故参知政事范文正公。此五君子，其所遭不同，所立亦异，然求其心则皆所谓光明正大、疏畅洞达、磊磊落落而不可掩者也。其见于功业文章，下至字画之微，盖可以望之而得其为人。①

朱熹将杜甫与诸葛亮、颜真卿、韩愈、范仲淹作为君子典范的阐述，表明文人士子对其符合儒家道德准则形象的高度赞同。罗大经《鹤林玉露》也评价杜诗的君子意象："杜陵诗云：'孤雁不饮啄，飞鸣声念群。谁怜一片影，相失万重云。望断似犹见，哀多如更闻。野鸦无意绪，鸣噪自纷纷。'又云：'独鹤归何晚，昏鸦已满林。'以兴君子寡而小人多，君子凄凉零落，小人噂沓喧竞。其形容精矣。"②至明中叶，潘希曾（1476—1532）说："苏子卿、陶靖节、少陵、昌黎诸君子，名节志义，郁中发外，卓然名家矣。"③明显继承了朱熹的观点，又将杜甫与苏武、陶潜、韩愈并列为"名节志义"的君子，可见诗家之君子，杜甫当之无愧。

历经后世不断拓展阐发，君子成为一种文化象征，而君子人格演进发展的最高境界即是"圣人"，所以孟子曰："圣人，人伦之至也。"（《孟子·离

① ［宋］朱熹：《晦庵先生朱文公文集》，《朱子全书》第 24 册，上海古籍出版社 2002 年版，第 3641 页。

② ［宋］罗大经：《鹤林玉露》，王瑞来点校，中华书局 1997 年版，第 61 页。

③ ［明］潘希曾：《竹涧集》，《影印文渊阁四库全书》集部第 1266 册，台湾商务印书馆 1986 年版，第 714 页。

娄上》)君子修身以德,当君子将仁德由自我向外扩散至一家一国,乃至天下,通乎大道,便趋向圣贤,一个人能够被称为“圣”,表明某一方面达到登峰造极的境界,更高层次来说,就象征其在品质轨范与道德仪准上达到趋近完美的状态。而杜甫恰能够兼融两者,明代中叶以降,杨慎、孙承恩、梅纯等人逐渐将“诗圣”之名赋予李杜,如杨慎《词品》称:“诗圣如杜子美。”①梅纯《损斋备忘录》称:“李太白天才俊逸,诚可谓圣于诗者。”②大致沿袭于南宋杨万里举李、杜、苏、黄为“圣于诗者”之论,不过,此处之“圣”更多的是从文学角度上考量,“圣,通也”(《说文解字》),认为太白、少陵诗歌诸体兼通,堪称圣。

明末清初,相比于推崇杜诗的前一个高峰期,在时代环境上有相似之处。天崩地坼、内外交患之下,杜甫“花近高楼伤客心,万方多难此登临”“王侯第宅皆新主,文武衣冠异昔时”的悲国怀乡的民族主义精神,以及“致君尧舜上,再使风俗淳”“安得广厦千万间,大庇天下寒士俱欢颜”的宏伟抱负与儒家仁政思想,使得明末清初的文人又不约而同地以笺注杜诗作为文学上的取向。与此同时,明末清初士人批驳讲学空疏,转向实学考据,在学术风气上促进注杜风潮的再度兴起,借注杜观照现实。杜甫曾以古圣自许,“窃比稷与契”,也正是在这样由君子到圣人指向的儒家传统洗礼下,纵览明末清初注杜诸家,如王嗣奭、黄生、顾炎武、卢世㴶、张远、钱谦益、朱鹤龄、卢元昌、吴见思、金圣叹、仇兆鳌、浦起龙等人莫不如是,或知人论世,或以意逆志,营造出杜甫许身稷契的忧患意识与楷范人格。

据前人统计,明末到清初对杜诗进行笺注、选辑、阐论的文人达到一百五十六人③,杜诗研究在深度与广度上取得辉煌成就,各类杜诗注本蔚为大观。这一时期承上启下,注释内容细致,注释方式多样,注释动机复杂,

---

① [明]杨慎:《杨慎词品校注》,岳淑珍校注,中州古籍出版社2013年版,第331页。

② [明]邓世龙:《国朝典故》,北京大学出版社1993年版,第1227页。

③ 张家壮:《明末清初杜诗学述论——以几种重要的杜集为中心》,福建师范大学博士论文,2009年,第16页。

杜甫形象以及文本的最终经典化正是在此时期注杜过程中完成的。相比于之前以“圣”名李杜，明末王嗣奭（1566—1648）更是将杜甫独冠以“诗圣”之名，王氏不仅在《梦杜少陵作》诗中云：“青莲号诗仙，我翁号诗圣。仙如出世人，轩然远泥泞。在世而出世，圣也斯最盛。诗祖三百篇，我翁嫡孙子。”①入世是儒家学说的重要观点，李白超然世外为仙，而以在世又能出世作为衡量杜甫之所以为“圣”的关键。这正印合冯友兰所说的：“圣人是社会中的道德完全底人……中国哲学有一个主要底传统，有一个思想的主流。这个传统就是追求一种最高底境界。这种境界是最高底，但又是不离乎人伦日用底。这种境界，就是即世间而出世间底。”②王嗣奭更在《杜臆》中称颂杜甫：“公之好诗，真与尼师之志学无异，其为‘诗圣’，非偶然也。”③确立了杜甫无论是在文学史，还是在儒家文化中的崇高的“诗圣”地位。

又如卢世漼《杜诗胥钞》中借注《又呈吴郎》论杜甫品格：

> 《语》云：“仁人之言其利薄。”又云：“仁义之人，其言蔼如。”今观子美诗，犹信。子美温柔敦重，一本之恺悌慈祥，往往溢于言表。他不具论，即如《又呈吴郎》一首，极煦育邻妇，又出脱邻妇；欲开示吴郎，又回护吴郎。七言八句，百种千层，非诗也，是乃仁者也。恻隐之心，诗之元也。词客仁人，少陵独步。④

孟子曰：“君子所以异于人者，以其存心也。君子以仁存心，以礼存心。仁者爱人，有礼者敬人。”（《孟子·离娄下》）君子以仁为核心理念，而卢世漼对杜诗“非诗也，是乃仁者也”的评价，包括方拱乾批注《杜诗论文》所作

---

① ［清］仇兆鳌：《杜诗详注》，中华书局1979年版，第2294页。

② 冯友兰：《新原道》，《贞元六书》，华东师范大学出版社1996年版，第706页。

③ ［明］王嗣奭：《杜臆》，上海古籍出版社1983年版，第267页。

④ 刘学锴：《唐诗选注评鉴》，中州古籍出版社2013年版，第1199页。

《杜少陵诗序》内沿袭宋人所说："少陵诗，诗中六经也。以诗诣言，所谓集大成也。"①实际上也就是与王嗣奭相类似，出发于欲将杜诗剥离出诗文集部而纳入圣贤经典的思想理念，将杜甫与孔孟一道塑造成为圣人典范。

故而，杜甫的圣贤人格在明清之际文人注杜中得到进一步深化，吴瞻泰《杜诗提要》云："公一生，忠君笃友，大节攸关，其人品重千古，故诗品亦重千古。"②将杜甫的儒家道德品格置于文学成就之前，将诗品的崇高归因于人品的流芳千古，证明时人对杜甫诗中君子、诗中圣人形象认识的成熟。正如金圣叹《杜诗解》评价《秋兴八首》之语："大抵圣贤立言有体，起有起法，承有承法，转合有转合之法。"③换句话说，明末清初时人称杜甫为"诗圣"，在对其诗作文本的推崇基础之上，更多的是从儒家道统层面而言，确立杜甫为诗中之圣，也就是承认其为儒家君子文化集大成者的正当性与合理性。文人把杜诗如同儒家经典加以笺注，并于明末清初达到高潮，正说明杜诗经典化的完全确立。所以，杜甫的君子乃至圣人形象也就在明清之际文人注杜中得以完全定型。

二、进退荣辱：鼎革之际不同身份文人注杜心态分殊

正如前文所述，注杜成为明清鼎革之时一股不谋而合的文学潮流。虽然儒家伦理道德评价下的杜甫"君子－圣人"形象已经完全定型并深入人心，不少文人士子都以之为楷模，但是，面临朝代改易，注杜文人所作出的人生抉择各不相同，在他们不同身份的映射下，笺注杜诗的心态也各有分殊。

首先，来看遗民注杜的心态表现。后金入主中原后，遗民群体或抗争，

---

① ［清］吴见思：《杜诗论文》，方拱乾批点，转引自曾绍皇《杜诗未刊评点的整理与研究》，复旦大学博士论文，2010 年，第 267 页。

② ［清］吴瞻泰：《杜诗提要》，陈道贵、谢桂芳校点，黄山书社 2015 年版，第 357 页。

③ ［清］金圣叹：《杜诗解》，钟来因整理，上海古籍出版社 1984 年版，第 177 页。

或自戕，或隐逸，或游移，在国家与民族危亡的历史语境中追求忠孝仁义的儒家传统理念。《荀子·礼论》曰："君子敬始而慎终，终始如一，是君子之道，礼义之文也。"固然入世理念是儒家所倡导的基本思想，但是，在华夷之辨与君臣之道的观念下，贞于朱明，背离清廷成为不少遗民文人心目中反映君子品质的行为。遗民文人投射自身心绪，与杜诗产生跨越时空的共鸣，表现出强烈的儒家君子文化的精神感召力量。

遗民群体历经明清易代的社会动荡，对于政治、军事、社会、学术等方面认识深刻，在注杜过程中也能更深切体会到杜甫诗歌创作的文学现场与历史语境。其中，王嗣奭的《杜臆》始著于甲申国变当年。在明亡之前，王嗣奭即对杜诗极为推崇，国变之后，坚定的遗民身份促使其发愤著书。王氏在撰《杜臆》过程中所著的《管天笔记外编》中云："杜少陵自许稷契，人未必信。今读其诗，当奔走流离，衣食且不给，而于国家理乱安危之故，用人行政之得失，生民之利病，军机制胜负，地势之险要，夷虏之向背，无不见之于诗。陈之详确，出之恳挚，非平日留心世务，何以有此杜之诗，往往与国史相表里，故人以诗史称之，岂足以尽少陵哉！"①对杜公的崇尚可见一斑，而其在明亡之后包括迅速著书的一系列行动更直接说明其心境：

> 甲申（1644）九月望日，始著《杜臆》。乙酉（1645）正月初度，撰写过半。端二日竣事。冬日，撰《管天笔记外编》。丙戌（1646）重九日，覆阅《管天笔记外编》。秋仲再阅《杜臆》，稍有改补，季冬又阅过。有司迫遣登舟见清贝勒，至慈水，乘潮逃去，信宿而还。自言："人生不幸至此，但有祈死而已，予则反祈不死，或犹见中兴之日。"其倔强如此。时方注杜诗毕，曰："吾以此为薇，不畏饿也。"戊子（1648）卒，年八十三。②

---

① ［明］王嗣奭：《管天笔记外编》，《续修四库全书》第 1307 册，上海古籍出版社 2002 年版，第 618 页。

② ［明］王嗣奭：《杜臆》，上海古籍出版社 1983 年版，第 393 页。

王氏以撰《杜臆》自比伯夷、叔齐采薇而食，表明自己的坚贞气节，可谓君子。相比于王嗣奭晚年以注杜自证名节，《杜诗执鞭录》著者徐树丕（1596—1683）则在注杜中表达出对明季流弊的愤慨，其于书内眉批道："唐之李杜皆不中第者也，今并显。小儿熟读烂时文，博一进士，便目前无人，恣为非恶。我朝之天下，皆为此辈所坏也。更有反颜事仇、行若狗彘者，皆此辈一种人。嗟乎！安得以高皇帝瓜蔓抄之法斩绝此种人，则天下之气稍舒，行致太平耳！"①在批注杜诗的表象之下，体现出对前朝追思与反省的实质，也就从另一方面表露出作为遗民的忠义君子情怀。

其次，被称为贰臣的文人对杜诗笺注展现出更为复杂的心境。其中最为著名之作即钱谦益（1582—1664）之《钱注杜诗》。《钱注杜诗》是钱谦益耗费晚年心血所著，自崇祯六年（1633）始注，至康熙二年（1663）临近去世方才著成。钱谦益其人不必赘言，其人生路向与时代环境密切相关，在进退矛盾中的心态极为复杂。在注杜三十余年的漫长时间中，钱氏于顺治三年（1646）始著的《列朝诗集》意在以诗存史，反映出故国思绪。而其《钱注杜诗》采取以史证诗的方法，其心境有相似之处，陈寅恪指出："皆借李唐时事，以暗指明代时事，并极其用心抒写己身在明末政治蜕变中所处之环境，实为古典今典同用之妙文。"②今人学者也多有阐论不赘，虽云唐时故事，实亦有观照现实的意指，以更为幽深的笔触吐露心声。钱氏注《秋兴八首》云：

> 孤城落日，怅望京华，曰每依南斗，盖无夕而不然也。石上之月，已映藤萝，又是依斗望京之候矣。请看二字，紧映每字，无限凄断，见于言外，如云已过却一日矣，不知何日得见京华也。……孤城砧断，日薄虞渊，万里孤臣，翘首京国。虽复八表昏黄，绝塞惨淡，唯此望阙寸心，与南斗共芒色耳。……此翁老不忘君，千岁

---

① ［明］徐树丕：《杜诗执鞭录》，顺治七年稿本，卷十四。

② 陈寅恪：《柳如是别传》，上海古籍出版社1980年版，第1000页。

而下，可以相泣也。①

诸如此类如草蛇灰线的暗喻在《钱注杜诗》的考证中并不鲜见。沈寿民引方文之语认为："虞山笺杜诗，盖阁讼之后，中有指斥，特借杜诗发之。"②表明钱谦益因与温体仁阁讼被黜，而在注杜中有指斥讽喻明末时事之意，但钱氏将明亡清兴易代之悲投射进注杜过程中，我们是否也可以认为是儒家君子文化与本身悔恨失节、伤怀故国的极端矛盾潜意识交织作用下，不由自主地通过考证杜诗间接反映自己亲身经历的钩沉史事，并试图以此得到心灵慰藉。再联系其联络反清力量的事实，所以究其根本，钱谦益依然受到君子精神的感染，并一定程度外显出来。

王通《中说·天地篇》云："过而不文，犯而不校，有功而不伐，君子人哉。"我们不必讳言钱氏之过，也未可无视其成就，季振宜在《钱注杜诗·序》中赞扬道："牧斋先生之书成，而后杜诗之精神愈出。"③《钱注杜诗》沾溉后世，后续注杜者无不参考。诚然，其中亦存在穿凿冗赘之处，但在其以史证诗的精深笔力下，恰恰暗蕴其进退失据、荣辱交织的矛盾心理。正如有学者所说："无论是在现实生活中，还是在钱氏的内心中，他都是一个充满矛盾又承受巨大压力的人。他对于历史的事件和古人人事之间的纠葛，考述得如此详尽，不仅表现出他对官场上政治斗争规律的了解，也反衬出他对自己复杂经历中无奈选择的辩解。"④钱氏究竟是君子还是小人，并不能简单地加以判定，与辑《列朝诗集》具有保存明诗明史的明确目标不同，钱氏注杜诗的心态更为隐幽，在杜甫崇高人格的光辉下，钱氏极力以史证诗，这种冰泉冷涩的复杂心境正映照出其人生路径。

再次，还有一部分文人，他们并不疏离隐居，心怀仇恨，也没有先仕于

---

① ［清］钱谦益：《钱注杜诗》，上海古籍出版社1958年版，第506页。

② ［清］朱鹤龄：《杜工部诗集辑注》，韩成武、孙微、周金标、韩梦泽、张岚点校，河北大学出版社2009年版，第836页。

③ ［清］钱谦益：《钱注杜诗》，上海古籍出版社1958年版，第2页。

④ 朱易安：《唐诗学史论稿》，广西师范大学出版社2000年版，第268页。

明，又降于清，而是或参加科举，或寻常度日，纳入清代统治秩序，姑且称之为入世群体。清初入世群体笺注杜诗有着不尽相同的心态。不同于遗民、贰臣群体，这一群体个性逐渐显露，不再从属于波澜壮阔的易代现实，不再背负沉重的道德枷锁。如金圣叹（1608—1661）的《杜诗解》就明显受个人思想影响，金氏以诸生身份入清，虽不仕进，却对清代统治并非完全抵触，又不同于遗民。其注杜多有随性之处，内又多参佛理，其族兄金昌《叙第四才子书》云：

> 余尝反复杜少陵诗，而知有唐迄今，非少陵不能作，非唱经不能批也。大抵少陵胸中具有百千万亿漩陀罗尼三昧，唱经亦如之。乃其所为批者，非但剜心抉髓，悉妙义之宏深，正复祛伪存真，得天机之剀挚。盖少陵，忠孝士也，匪以忠孝之心逆之，茫然不历其藩翰，况于壶奥！①

金圣叹注杜尚未卒业，便因哭庙案殒命。在金氏身上，存在外在的戏谑放怀与内在的苦闷凄然的双重心境。一方面，其注杜诗率性旷达，在注重理性分析的同时能够以性情直指内心，“自先生解杜，而杜可乐也，而读杜诗者皆乐也”②，实开掘前人所未发，孟子曰：“君子有三乐。”（《孟子·尽心上》）金氏不仅以乐解杜，其所作三十三则“不亦快哉”也体现出其君子性情；另一方面，他在注杜时又见沉沦幻灭之言，如“纯是处乱世之言。艰难之及，免者几人？隐见之间，尔宜早计”③，“无量劫来，生死相续，无贤无愚，俱为妄想骗过”④。所以有学者认为：“圣叹的此种心境释然只能存在于其理性之解脱而未真达心灵之契悟，‘消遣’尽管被他用通达的

---

① ［清］金圣叹：《杜诗解》，钟来因整理，上海古籍出版社 1984 年版，第 1 页。

② 周采泉：《杜集书录》，上海古籍出版社 1986 年版，第 480 页。

③ ［清］金圣叹：《杜诗解》，钟来因整理，上海古籍出版社 1984 年版，第 204 页。

④ ［清］金圣叹：《杜诗解》，钟来因整理，上海古籍出版社 1984 年版，第 108 页。

外表装饰起来，却依然从其深层透露出浓重的感伤气息。‘消遣’说穿了是对其愁苦烦闷无可奈何的消解派遣……对消遣的执着正说明其心底悲苦的深重。”①

与此同时，伴随清代统治逐渐巩固，一些文人注杜心态则又有款曲。他们经过层层选拔，获得科名，对新朝的态度自然异于遗民，而并未侍奉二主，亦无贰臣道德束缚。如仇兆鳌(1638—1717)于《杜诗详注》云：

> 臣于退食余闲，从事少陵诗注。……伏惟少陵诗集，实堪论世知人。可以见杜甫一生爱国忠君之志，可以见唐朝一代育才造士之功，可以见天宝、开元盛而忽衰之故，可以见乾元、大历乱而复治之机。兼四始六义以相参，知古风近体为皆合。愚蒙一得，冒达九重。倘邀清燕之鉴观，以当风采之陈献，庶前修生色，而新简垂光矣。②

汪灏(1658—?)，康熙四十二年(1703)进士，著《知本堂读杜》，其自序亦不无逢迎谢恩：“灏以书生，献赋行在所，蒙召试宫廷，屡试称旨，因得与科名备史馆，兢兢勤职，业日读书，以仰答主眷。私衷窃欲于世所共尊众好之书之诗，以次渐读，而读杜为之先。”③可以理解的是，他们接受儒家事功理念积极入世，在清代学术风气转型中，以细密训诂集注的方式又使得注杜步入新的时期。

明清之际参与注杜的文人身份不一，层次不同，在注杜中所显露的心境理路也迥然各异。但是，杜甫形象经典化的定型由明末清初的文人士子在注杜过程中完成，统摄于此，他们的心态虽然各有分殊，但依然表现出所受到的儒家传统乃至君子文化的深厚熏染。

---

① 左东岭：《李贽与晚明文学思想》，人民文学出版社 2010 年版，第309 页。

② [清]仇兆鳌：《杜诗详注》，中华书局 1979 年版，第 2352 页。

③ 周采泉《杜集书录》，上海古籍出版社 1986 年版，第 211 页。

三、民族心理：君子文化在明清注杜实践中的表现

“君子文化不仅是传统文化的一个重要制高点，还是一个关键融汇点。”①君子文化丰富博大，其内蕴前人学者多有阐发，诸如仁义礼智信、忠孝节义等特质早已纳入并根植中华民族的文化心理与民族精神之中。注杜是一种民族心理的体现，这种民族心理外化表现出诸多形式，其核心正是儒家君子文化。子曰：“质胜文则野，文胜质则史。文质彬彬，然后君子。”（《论语·雍也》）杜诗文质兼备，不仅蕴含着高超的文学艺术价值，也融汇了儒家传统文化精髓。君子文化在这一时期文人注杜中的表现方式大致可以梳理出以下几方面。

一是以儒家诗教观念高扬杜甫君子形象。诗教传统在儒家文化中占有显著位置，大凡兴观群怨、风雅比兴，明清文人在注杜中尤其注意这一点，以诗教来传达杜甫的君子形象，如仇兆鳌在《杜诗详注·原序》说：“推杜为诗圣，谓其立言忠厚，可以垂教万世也。……凡登临游历，酬知遣怀之作，有一念不系属朝廷，有一时不痌瘝斯世斯民者乎？读其诗者……可兴可观，可群可怨。”②在具体注释杜诗中明确采用诗教观念进行阐发，如注《登楼》云：“上四登楼所见之景，赋而兴也。下四登楼所感之怀，赋而比也。以天地春来，起朝廷不改，以古今云变，起寇盗相侵，所谓兴也。时郭子仪初复京师，而吐蕃又新陷三州，故有北极西山句，所谓赋也。代宗任用程元振、鱼朝恩，犹后主之信黄皓，故借词托讽，所谓比也。……其辞微婉而其意深切矣。”③杜诗“别裁伪体亲风雅”，对风雅传统的继承十分明确。在发扬杜甫这种风格基础上，明末清初的文人以诗教论说君子，通过注杜诗起到教化功用，对后来“格调”等说不无先导意义。

---

① 钱念孙：《君子文化在传统文化中的地位和影响》，《学术界》2017 年第 1 期，第 118～124 页。

② ［清］仇兆鳌：《杜诗详注》，中华书局 1979 年版，第 1 页。

③ ［清］仇兆鳌：《杜诗详注》，中华书局 1979 年版，第 1131 页。

二是开掘杜甫君子人格中的独特个性。前文已述，杜甫的“君子－圣人”人格在明清之际完全定型，与文人注杜关系密切，而时人在注杜中不但如以往注家以仁义忠爱等传统道德观念表彰杜甫，更衍发出更为新颖而全面的观点。如卢世漼《读杜私言》云：

子美千古大侠，司马迁之后一人。子长为救李陵而下腐刑，子美为救房琯几陷不测，赖张相镐申救获免。坐是蹉跌，卒老剑外，可谓为侠所累。然太史公遭李陵之祸而成《史记》，与天地相终始；子美自《发秦州》以后诸作，泣鬼疑神，惊心动魄，直与《史记》并行。造物所以酬先生者，正自不薄。

子美最倜傥，自表其能，上之天子，谓“沉郁顿挫，随时敏捷，扬雄枚皋，尚可跂及。有臣如此，陛下其舍诸？”自东方朔以来，斯趣仅见载。观其《遣怀》《壮游》诸作，又谓许身稷契，致君尧舜，脱略时辈，结交老苍。放荡齐赵间，春歌冬猎，酣视八极。与高、李登单父台，感慨俊骨龙媒，赋诗流涕，上嘉吕尚传说之事，来碣石万里风。……固是笔端有胆，亦由眼底无人。古之“狂也肆”，子美有焉。

子美性极辣，惜未见诸行事。《雕赋》一篇，辣味尽露。所云“重其有英雄之姿，类大臣正色立朝之义”，可谓善于立言。《义鹘行》是其一生心事，偶遇好题，遂不觉淋漓痛快。至功成用舍之际，何其撇脱，几于神龙见首不见尾矣。高鸟奇文，并传不朽。①

以侠义、狂肆、极辣之语论说少陵，虽然似乎与常规性地采取中庸宽厚等话语描述君子大相径庭，但是细究起来，却丝毫不显突兀。侠、狂、辣的特质归根结底为一个“勇”字，《论语·阳货》曰：“子路曰：‘君子尚勇乎？’

① ［明］卢世漼：《读杜私言》，《明诗话全编》，江苏古籍出版社1997年版，第9101页。

子曰：'君子义以为上，君子有勇而无义为乱，小人有勇而无义为盗。'"勇者之为君子，须有义作为支撑，"君子以义为质"（《论语·卫灵公》），从而外化出侠、狂、辣的特质，君子为义而勇则侠，因勇而生狂，性勇则辣，所以赋予杜甫以更为完备的君子人格，符合儒家文化的要求。

三是以诗史思维传达君子精神。明末清初文人尤其关注杜诗内"诗史"的蕴意，黄宗羲认为："今之称杜诗者，以为诗史，亦信然矣。然注杜者，但见以史证诗，未闻以诗补史之阙，虽曰'诗史'，史固无藉乎诗也。"①强调杜诗诗史互补的价值。陈寅恪也认为钱谦益注杜的特色在于以史证诗："牧斋之注杜，尤注意诗史一点，在此之前，能以杜诗与唐史互相参证，如牧斋所为之详尽者，尚未之见也。"②彼时文人注意以诗史思维注解杜诗，其实当中暗含君子精神。我们知道，"史，记事者也，从又执中。中，正也。"③许慎这段解释反映了"史"的内涵，记录历史之人必须保有中正公允的肃穆态度，不以私心扭曲是非。《周易》云："文明以健，中正而应，君子正也。惟君子为能通天下之志。"所以著史之人非君子不能胜任，杜诗被尊为"诗史"，各家在注杜活动中也使得自身代入史官角色之中。苏轼也说："君子以其身之正，知人之不正；以人之不正，知其身之所未正也。"④以人为镜，以史为鉴，其义一也，遭逢乱世，杜诗便作为民族心理的载体被推崇，其原因之一就在于其诗史价值与象征义涵。杜诗被称为"诗史"，并在明清之际不断阐扬，从一个侧面来说，正是君子文化的反映。

四是阐发杜诗内君子不遇、小人得势的困境。儒家典籍中有大量论述君子小人的内容，如"君子周而不比，小人比而不周"（《论语·为政》），"君子和而不同，小人同而不和"（《论语·子路》），"君子喻于义，小人喻于利"（《论语·里仁》），"君子固穷，小人穷斯滥矣"（《论语·卫灵公》）。诸如此类不胜枚举，以君子小人的对立体现君子的人格特质，这种民族文

① ［明］黄宗羲：《南雷诗文集》，浙江古籍出版社 2012 年版，第 47 页。
② 陈寅恪：《柳如是别传》，上海古籍出版社 1980 年版，第 993 页。
③ ［汉］许慎：《说文解字》，中华书局 1963 年版，第 65 页。
④ ［宋］苏轼：《苏轼文集》，孔凡礼点校，中华书局 1986 年版，第 205 页。

化内涵不可避免地融入明清文人注杜的文字中。在注杜内论述君子小人的核心要义，一是强调君子的崇高，如仇兆鳌《杜诗详注》云："杜鹃之怜南内，萤火之刺中官，野苋之讽小人，苦竹之美君子，即一鸟兽草木之微，动皆切于忠孝大义。"①朱鹤龄《杜工部诗集辑注》注《天末怀李白》"文章憎命达，魑魅喜人过"句云："上句言文章穷而益工，反似憎命之达者；下句言小人争害君子，犹魑魅喜得人而食之，即《招魂》'雄虺九首，吞人以益其心'意也。"②吴瞻泰《杜诗提要》注《盐井》云："勉君子小人以止足之义，使兴利之臣，闻者足以戒。此种识力，非诗史而何？"③二是借阐述杜诗中君子小人之事以浇现实之块垒，钱谦益在杜甫《哀王孙》诗下笺注云：

> 至德元载九月，孙孝哲害霍国长公主、永王妃及耶马杨驲等八十人，又害皇孙二千余人，并刳其心，以祭安庆宗，王侯将相扈从入蜀者，子孙兄弟虽在婴孩之中，皆不免于刑戮，当时降逆之臣，必有为贼耳目，搜捕皇孙妃主以献奉者，不独如孝哲辈为贼宠任者也，故曰"王孙善保千金躯"。又曰"哀哉王孙慎切疏"，危之也，亦戒之也，有宋靖康之难，群臣为金人搜索，赵氏遂无遗种，读此诗，如出一辙。④

此处钱氏以唐史引述宋史注诗，但我们不难看出其影射现实的用意。甲申后，所谓贼子耳目不知戕害多少穷途君子，明清之际文人亲身经历纷繁的党争、兵乱，更能体会到君子与小人对立的激烈情状。

"明清时期的文人对杜诗的认识，也同时显示出由各自不同的角度到

---

① ［清］仇兆鳌：《杜诗详注》，中华书局1979年版，第1页。

② ［清］朱鹤龄：《杜工部诗集辑注》，韩成武、孙微、周金标、韩梦泽、张岚点校，河北大学出版社2009年版，第223页。

③ ［清］吴瞻泰：《杜诗提要》，陈道贵、谢桂芳校点，黄山书社2015年版，第51页。

④ ［清］钱谦益：《钱注杜诗》，上海古籍出版社1958年版，第44页。

诸多方面的聚合的发展轨迹”。① 明末清初文人注杜方法各有千秋，或拟经释诗，或以史证诗，或以文论诗，或以心解诗，或批点评诗，虽然注者身份各异，侧重不同，但在杜甫“君子－圣人”形象的感召下，于注杜实践中显现的君子文化内蕴无不闪耀光彩。

需要明确的是，我们在这里并不讨论明清时期杜甫形象在儒家思想指导之下，被单一化处理的局限性，但是回到彼时历史与文学语境中，文人将杜甫圣贤化的举动显然是合理的。杜甫的“君子－圣人”形象自两宋开始塑造，至明末清初完全定型，注杜在其中起到的作用举足轻重，无论是遗民，还是贰臣，或是所谓入世者，出发点固然有所区别，但是在注杜过程中皆受到强烈的儒家传统熏染，君子文化也始终贯穿于注杜潮流之中。“君子崇人之德，扬人之美。”（《荀子・不苟》）正是依靠各身份不同的注家抱有君子情怀与寄托，从各方面诠释显扬，使杜甫的君子人格最终定型，杜诗的君子意旨最终完备，将杜诗与个人、家国思潮相互交织，也就使得君子文化在明清之际这些波属云委的注杜撰著中熠熠生辉。

① 许总：《杜诗学发微》，南京出版社1989年版，第150页。

主要参考文献

1. [梁]刘勰. 文心雕龙. 范文澜注. 北京:人民文学出版社,2006.

2. [梁]钟嵘. 诗品译注. 周振甫译注. 北京:中华书局,1998.

3. [唐]李延寿. 南史. 北京:中华书局,1975.

4. [唐]李白. 李白集校注. 瞿蜕园,朱金城注. 上海:上海古籍出版社,2007.

5. [唐]杜甫. 杜甫全集校注. 萧涤非主编. 北京:人民文学出版社,2014.

6. [唐]王维. 王维集校注. 陈铁民校注. 北京:中华书局,1997.

7. [唐]李颀. 李颀诗歌校注. 王锡九校注. 北京:中华书局,2018.

8. [唐]高适. 高适诗集编年笺注. 刘开扬笺注. 北京:中华书局,1981.

9. [唐]岑参. 岑嘉州诗笺注. 廖立笺注. 北京:中华书局. 2004.

10. [唐]皎然. 诗式校注. 李壮鹰校注. 北京:人民文学出版社,2003.

11. [唐]韩愈. 韩昌黎文集校注. 马其昶校注,马茂元整理. 上海:上海古籍出版社,1986.

12. [唐]李商隐. 玉溪生诗集笺注. 冯浩笺注,蒋凡标点. 上海古籍出版社,1979.

13. [宋]黄庭坚. 黄庭坚全集. 成都:四川大学出版社,2001.

14. [宋]程颢,程颐. 二程集. 王孝鱼点校. 中华书局,1981.

15. [宋]严羽. 沧浪诗话校释. 郭绍虞校释. 北京:人民文学出版社,1983.

16.［宋］周敦颐. 周子通书. 上海：上海古籍出版社，2000.

17.［宋］张载. 张子正蒙. 王夫之注. 上海：上海古籍出版社，2000.

18.［宋］朱熹. 朱子全书. 朱杰人，严佐之，刘永翔主编. 上海：上海古籍出版社，合肥：安徽教育出版社，2002.

19.［元］盛如梓. 庶斋老学丛谈//影印文渊阁四库全书. 台北：台湾商务印书馆，1983.

20.［明］李东阳. 怀麓堂诗话校释. 李庆立注解. 北京：人民文学出版社，2009.

21.［明］杨慎. 升庵诗话//历代诗话续编. 北京：中华书局，1983.

22.［明］薛熙. 明文在//万有文库. 上海：商务印书馆，1936.

23.［明］王嗣奭. 杜臆. 上海：上海古籍出版社，1983.

24.［明］黄宗羲. 南雷文约. 上海：时中书局，宣统二年刊本.

25.［清］钱谦益. 牧斋有学集. 钱曾笺注，钱仲联标校. 上海：上海古籍出版社，1996.

26.［清］王士禛. 带经堂诗话. 北京：人民文学出版社，1985.

27.［清］方苞. 方苞集. 刘季高校点. 上海：上海古籍出版社，2008.

28.［清］吴雷发. 说诗菅蒯//丛书集成续编. 上海：上海书店，1994.

29.［清］仇兆鳌. 杜诗详注. 北京：中华书局，1979.

30.［清］金圣叹. 金圣叹全集. 陆林辑校整理. 南京：凤凰出版社，2016.

31.［清］沈德潜. 说诗晬语. 霍松林校注. 北京：人民文学出版社，1979.

32.［清］沈德潜. 唐诗别裁集. 上海：上海古籍出版社，1979.

33.［清］沈德潜. 归愚诗钞//续修四库全书. 上海：上海古籍出版社，2002.

34.［清］沈德潜. 古诗源. 北京：中华书局，2006.

35.［清］袁枚. 随园诗话. 北京：人民文学出版社，1982.

36.［清］昭梿. 啸亭杂录//近代中国史料丛刊. 台北：文海出版社，1973.

37.［清］刘大櫆. 论文偶记. 北京：人民文学出版社，1959.

38. [清]刘大櫆. 刘大櫆集. 吴孟复标点. 上海:上海古籍出版社,1990.

39. [清]姚鼐. 今体诗钞. 曹光甫标点. 上海:上海古籍出版社,1986.

40. [清]姚鼐. 惜抱轩诗文集. 刘季高标校. 上海:上海古籍出版社,1992.

41. [清]姚鼐. 古文辞类纂. 胡士明,李祚唐标校. 上海:上海古籍出版社,1998.

42. [清]姚鼐. 惜抱轩尺牍. 卢坡点校. 合肥:安徽大学出版社,2014.

43. [清]方东树. 仪卫轩文集. 同治年刊本.

44. [清]方东树. 书林扬觯. 同治十年望三益斋刻本.

45. [清]方东树. 汉学商兑. 道光十一年刻本.

46. [清]方东树. 吴氏许本昭昧詹言. 吴闿生评. 民国七年刻本.

47. [清]方东树. 昭昧詹言. 北京:人民文学出版社,1961.

48. [清]方东树. 半字集//清代诗文集汇编. 上海:上海古籍出版社,2010.

49. [清]方东树. 考槃集文录//清代诗文集汇编. 上海:上海古籍出版社,2010.

50. [清]江藩,方东树. 汉学师承记:外二种. 上海:三联书店,1998.

51. [清]方朔. 枕经堂金石题跋//石刻史料新编. 台北:台湾新文丰出版社,1977.

52. [清]方宗诚. 柏堂集. 光绪刊本.

53. [清]吴汝纶. 吴汝纶全集. 合肥:黄山书社,2002.

54. [清]方于穀. 桐城方氏诗辑//清代家集丛刊. 北京:国家图书馆出版社,2015.

55. [清]王灼. 枞阳诗选. 安徽省枞阳县地方志办公室翻印本,1987.

56. [清]徐璈. 桐旧集. 杨怀志,江小角,吴晓国点校. 合肥:安徽大学出版社,2016.

57. [清]朱庭珍. 筱园诗话//清诗话续编. 上海:上海古籍出版社,1983.

58. 梁启超. 清代学术概论. 朱维铮校注. 北京:中华书局,2010.
59. 马其昶. 桐城耆旧传. 合肥:黄山书社,1990.
60. 丁福保. 清诗话. 上海:上海古籍出版社,1978.
61. 孟森. 清史讲义. 北京:中华书局,2006.
62. 敏泽. 中国文学理论批评史. 北京:人民文学出版社,1951.
63. 侯外庐. 中国思想通史. 北京:人民文学出版社,1962.
64. 安徽人民出版社. 桐城派研究论文集. 合肥:安徽人民出版社,1963.
65. 赵尔巽等. 清史稿. 北京:中华书局,1977.
66. 郑福照. 清方仪卫先生东树年谱. 台北:台湾商务印书馆,1978.
67. 齐治平. 唐宋诗之争概述. 长沙:岳麓书社,1984.
68. 安徽省社会科学院文学研究所等. 桐城派研究论文选. 合肥:黄山书社,1986.
69. 罗宗强. 隋唐五代文学思想史. 上海:上海古籍出版社,1986.
70. 刘声木. 桐城文学撰述渊源考. 合肥:黄山书社,1989.
71. 王镇远. 桐城派. 上海:上海古籍出版社,1990.
72. 黄霖. 近代文学批评史. 上海:上海古籍出版社,1993.
73. 许总. 唐诗史. 南京:江苏教育出版社,1994.
74. 邬国平,王镇远. 清代文学批评史. 上海:上海古籍出版社,1995.
75. 张健. 清代诗学研究. 北京:北京大学出版社,1999.
76. 张少康. 中国文学理论批评史教程. 北京:北京大学出版社,1999.
77. 胡晓明. 中国诗学之精神. 南昌:江西人民出版社,2001.
78. 郭绍虞. 中国文学批评史. 天津:百花文艺出版社,2001.
79. 赵建章. 桐城派文学思想研究. 北京:北京图书馆出版社,2003.
80. 蒋寅. 清诗话考. 北京:中华书局,2005.
81. 霍松林. 中国诗论史. 合肥:黄山书社,2007.
82. 王水照. 历代文话. 上海:复旦大学出版社,2007 年.
83. 成复旺. 新编中国文学理论史. 北京:中国人民大学出版社,2010.

84. 罗时进. 地域・家族・文学——清代江南诗文研究. 上海:上海古籍出版社,2010.

85. 钱锺书. 谈艺录. 北京:商务印书馆,2011.

86. 严迪昌. 清诗史. 北京:人民文学出版社,2011.

87. 刘世南. 清诗流派史. 北京:人民文学出版社,2012.

88. 陈伯海. 陈伯海文集. 上海:上海社会科学院出版社,2015.

89. 陈伯海,张寅彭,黄刚. 唐诗论评类编. 上海:上海古籍出版社,2015.

90. (日)青木正儿. 清代文学评论史. 陈淑女译. 台北:台湾开明书店,1969.

91. (日)吉川幸次郎. 中国诗史. 章培恒等译. 上海:复旦大学出版社,2001.

92. 黄华表. 桐城诗派道咸诗派诗案. 新亚学术年刊,1959(1).

93. 袁行云.《书目答问》和范希曾的《补正》. 社会科学战线,1979(1).

94. 王镇远. 桐城派诗论初探. 江淮论坛,1983(2).

95. 刘文忠. 试论方东树《昭昧詹言》的诗歌鉴赏. 江淮论坛,1983(5).

96. 许结. 诗法鉴衡・钩玄昭昧——方东树诗论述评. 江淮论坛,1984(1).

97. 黄霖. 论姚门四杰. 江淮论坛,1985(2).

98. 许结. 方东树《汉学商兑》的通经致用思想. 安徽师范大学学报(哲学社会科学版),1986(2)

99. 钱仲联. 清代学术平议. 苏州大学学报,1992(4)

100. 方任安. 以文为诗 以文论诗——桐城诗派的诗学观. 安庆师范学院学报(社会科学版),1997(1).

101. 尚小明. 门户之争,还是汉宋兼采?——析方东树《汉学商兑》之立意. 思想战线,2001(1).

102. 曾光光. 桐城派与嘉道时期的经世致用思潮. 江淮论坛,2003(5).

103. 张淑红.《汉学商兑》与清中叶的汉、宋之争. 南开学报,2004(1).

104. 徐希平. 方东树《昭昧詹言》论杜甫述略. 杜甫研究学刊,2005(4).

105. 李帆. 论清代嘉道之际的汉宋之争与汉宋兼采. 求是学刊,2006(5).

106. 邱美琼. 清代“桐城派”对黄庭坚诗歌的接受——以方东树《昭昧詹言》为中心. 沈阳师范大学学报(社会科学版),2006(6).

107. 屈宁. 方东树礼学思想评议. 安庆师范学院学报(社会科学版),2007(2).

108. 钟耀. 论方东树《昭昧詹言》的诗学思想. 西南科技大学学报(哲学社会科学版),2007(4).

109. 李涛,卢佑诚. 建构古典诗学批评的新范式——方东树“以文论诗”新论. 皖西学院学报,2007(6).

110. 漆永祥. 方东树《汉学商兑》新论. 文史哲,2013(2).

111. 蒋寅. 诗学、文章学话语的沟通与桐城派诗歌理论的系统化——方东树诗学的历史贡献. 复旦学报(社会科学版),2016(6).

112. 叶当前. 论桐城诗派的两条诗学路径. 安庆师范大学学报(社会科学版),2017(5).

113. 郭青林. 方东树《昭昧詹言》存在的问题及根源. 中国诗学研究,2019(2).

114. 康维训. 方东树诗论研究. 高雄:高雄师范大学国文研究所,1988.

115. 林美珠. 方东树《汉学商兑》研究. 高雄:高雄师范大学国文研究所,1992.

116. 郭正宜. 方东树诗学源流及其美感取向之研究. 台南:成功大学历史语言研究所,1993.

117. 蔡美惠. 方东树文章学研究. 台北:台湾师范大学国文研究所,2002.

118. 杨淑华. 方东树《昭昧詹言》及其诗学定位. 台南:成功大学中国文学系,2004.

119. 龚敏. 方东树学术与文学研究. 南京:南京大学文学院,2005.

120. 李佩玲."唯务折衷"之诗学特质——方东树《昭昧詹言》诗学研究. 成都:四川师范大学文学院,2006.

121. 袁刚. 试论晚清汉学与宋学的关系. 西安:西北大学社会科学系,2006.

122. 许晓瑛. 方东树理学思想研究. 上海:复旦大学历史学系,2008.

123. 田亚. 方东树诗学的宋诗本位与桐城义法. 贵阳:贵州师范大学文学院,2009.

124. 郭前孔. 清代晚期唐宋诗之争流变史. 苏州:苏州大学文学院,2009.

125. 陈晓红. 方东树诗学研究. 上海:复旦大学中国语言文学系,2010.

后　记

桐城派是清代文学史中规模最大、延续时间最长的文学流派，其中又存在桐城文派和桐城诗派，但两者并非一体，而是各具特色，又互有关联。其中，关于桐城诗派的研究还有不少空间，不仅是桐城诗派本身，关于桐城诗派的一些概念至今依然处于不甚清晰的状态，比如桐城诗派的划分上限与下限、桐城派与桐城诗派的关系、桐城诗派与桐城文派的关系、桐城之诗与桐城派之诗的关系、桐城之诗派与桐城派之诗的关系等，尚有可论之处，有待学人探讨厘清。

方东树无疑是桐城诗派中的重要人物，他的诗论观点集中反映在其《昭昧詹言》一书中。所谓"昭昧"，意在指明学诗正途；所谓"詹言"，固然是自谦之词，也暗含其诗论观点存在细碎的问题，他本人就意识到："《昭昧詹言》皆作诗文微言奥旨，惟讲解太絮，为大雅所不屑，要当割去之。"不过可以肯定的是，《昭昧詹言》是方东树传授弟子的重要诗学文献，在于开启引导诗派的桐城家法和学诗轨辙，所以其中的观点很可能就是桐城诗派所遵循的共识，其重要性不言而喻。

前人论及清代某诗派，常习惯将之归入宗唐、宗宋或唐宋兼融中的某一宗尚类别之中。其实这种思路方法存在问题，以方东树的学术经历为例，"东树始好文事，专精治之，有独到之识，中岁为义理学，晚耽禅悦，凡三变，皆有论撰。"作为一名不断成长的文人，其文风、诗风的宗尚其实始终处于一个运动变化的过程中，并非一成不变，一人如此，况且是由多人组成的诗派？关于桐城诗派，前人曾认为其尊宋，其实在方东树的诗论中，尊唐的观点常常显露，所以这表明诗派的形成发展存在复杂性，而对诗派的研究显然要注意到这一点。

这本小书的主体部分是六年前在华侨大学许总教授指导下，以方东树为切入点对桐城诗派的唐诗观，以及唐诗在清代的接受问题进行的一点粗浅认知与理解。回想起风景秀丽的闽南山海，当年求学场景历历在目。我虽客居海隅三年，却在许老师的关怀指教下倍感温暖。硕士毕业后我又考入苏州大学师从罗时进教授，因这篇硕士论文得以一窥清代诗学领域，遂转而进行清诗以及地域家族文学研究。博士毕业后，我进入安徽省社会科学院工作至今，虽然工作时间不长，但是受到省社科院各级领导的关怀指教，尤其是钱念孙研究员、张小平研究员两位老师，对我适应文学研究所的工作进行了全面细致的指导与帮助，对本书也提出了一些修改意见，张老师还拨冗作序，在此谨致谢忱。

之所以要出版此书，除却现实因素，大致原因有二：

其一，将当年对方东树诗学、学术观点的一些想法完整地表达出来，本书有些章节经过删改后曾参会讨论，得到我的博士生导师罗时进先生以及吕正惠、钱志熙等先生的鼓励，又于《学术界》《苏州大学学报》《社会科学论坛》等核心学术刊物发表，但是拆分导致章节前后关联之处未能贯通，反而显得支离破碎，并且，其中还有一些章节未曾公开发表，所以还是以一本书的面貌呈现为好。其二，从一定程度上重温唐诗的世界，我的本科毕业论文即以李商隐为研究对象，获得当年校级优秀毕业论文，硕士阶段也曾有继续研究唐代文学的打算。不过我在博士阶段进入清诗研究的领域之后，逐渐在清代文献的浩瀚海洋之中与唐诗的距离越来越远，由于我在写作这篇硕士论文中有意将唐诗的发展历程与其后世接受从两条线相对照进行论述，所以刚读博时曾数次拿出硕士论文，试图在唐诗高华瑰伟的世界中重拾步履，因而这次重温，无疑是一种对过往兴趣的追忆。

本书在原有基础上进行了许多增删改动：一是调整了部分章节结构，如将原属第五章的“格调”与“性灵”冲突一节移至第一章，使得背景完整；二是大量增补了正文内容，补充了更加全面翔实的论点、论据，如第一章第二节讨论“汉宋之争”时增加了阐论方东树《书林扬觯》《汉学商兑》相关内容，以实例凸显方东树在“汉宋之争”中的作用，增写了第五章第三节《延续桐城诗派理论道路的多重意义》，使得方东树唐诗观的意义更加完整，增加方东树诗论中涉及的诗作原文，方便与诗论观点相互对照，其他增补内容在此不逐一说明；三是删改了不少或舛误、或欠妥的字句和措辞；四是补订修正了部分引文注释；五是附录了后来由原学位论文中的某一观点而生发思考出的两篇小文章。

本书能够顺利出版，要特别感谢安徽省社会科学院原副院长、桐城派与区域文化研究中心主任施立业研究员的悉心指导与大力支持。由于本人学力所限，本书内容依然存在粗疏之处，其中一些观点也有待商榷，恳请读者予以指正批评。

史哲文

安徽省社会科学院桐城派与区域文化研究中心